新注和歌文学叢書 6

出羽弁集新注

久保木哲夫 著

青簡舎

目次

凡　例

一、本書は、後冷泉天皇の中宮章子内親王に仕えた女房、出羽弁の家集に全釈を施したものである。
一、底本には現存最善本である冷泉家時雨亭文庫本を用いた。
一、本文は、傍書やミセケチを含め、漢字や仮名の使い分けなど、底本に可能な限り忠実に翻刻した。ただし「すぐれどん」「つもれどん」などとあるところはいずれも「すぐれども」「つもれども」などとした。また重ね書きの場合はもとの字を［　］で括り、訂正した文字をルビの形で示した。もとの字が判読不能の場合は［　］のみで空白とし、訂正した文字は同じようにルビの形で示した。
一、〔校異〕の本文には、書陵部蔵（五〇一・一三八）本・彰考館文庫本・群書類従本を用い、それぞれ、書・彰・類の略号で示した。
一、〔整定本文〕は、いわば校訂を加えた本文であるが、校訂にあたっては次のような処置をした。
1、用字は通行の字体を用い、底本の仮名遣いは歴史的仮名遣いに改めた。
2、仮名を適宜漢字に改め、濁点および読点を施した。また必要に応じて送り仮名も補った。
3、右の処置により表記を改めた場合は、もとの表記をルビの形で残し、補った場合は、その箇所に傍点・を施した。
4、本文に問題があり、解釈上改めざるを得ない場合は、その理由を必ず〔語釈〕の項で述べた。

一、全体を、本文、〔校異〕〔整定本文〕〔現代語訳〕〔他出〕〔語釈〕〔補説〕の順に記した。

一、〔補説〕では、人物考証、詠作状況、その他、〔語釈〕では扱いきれないことを記した。

一、引用した和歌は、原則として、私家集は『新編私家集大成』に、それ以外は『新編国歌大観』によったが、通読の便をはかって表記を改めたところがある。また和歌以外の作品については『新編日本古典文学全集』『新日本古典文学大系』等を、適宜利用した。

一、巻末には、「解説」ならびに「参考文献」「出羽弁集関係系図」「出羽弁和歌関係資料」「出羽弁関係年表」「登場人物索引」「和歌初句索引」等を付した。

注釈

いては弁かしふ（扉裏）

一

おこなひにこゝろいりて正月のついたちさとなるにさすかにつれ〳〵にひのすくるもかそへられてひとのかりやりたりし

1 なからふるわかみそつらきさりともとたのみし人もとはぬはるまて

かへしか、のこのかみつねあきら

2 きなくへきうくひすたにもはるかすみたつやおそきとおとつれやする

【校異】 ○いては弁かしふ―出羽弁集（彰・類）

1○つれ〳〵にひのすくるも―つれ〳〵にものすくるも（彰）

【整定本文】 出羽弁が集

行ひに心入りて、正月の一日里なるに、さすがにつれづれに、日の過ぐるも数へられて、人のがりやりたりし

1 ながらふるわが身ぞつらきさりともと頼みし人も訪はぬ春まで

返し、加賀権守経章

2 来鳴くべきうぐひすだにも春霞立つや遅きと訪れやする

【現代語訳】 仏へのお勤めに熱中し、正月一日、里にいると、さすがに手持ちぶさたな感じがして、過ぎゆく日に

ちも数えられ、人のもとに言い送った歌

1 生きながらえているわが身がつらいことです。いくらなんでも来てくださるだろうと頼みに思っていた人が訪れてもくれない春、そんな春になるまで生きているなんて。

返し、加賀権守経章

2 毎年やって来て鳴くうぐいすでさえも、春霞が立つやいなやすぐに訪れたりするでしょうか、そんなことあるわけないでしょう。

〔他出〕 続後拾遺集・雑中（一一〇〇）

久しくおとづれざりける人に、春の比つかはしける　　出羽弁

ながらふる我が身ぞつらきさりともと憑みし人もとはぬ春まで

〔語釈〕 1**〇行ひ** あるきまりをもった行為。特に、勤行、仏道修行などを指すことが多い。**〇心入りて** 身が入って。夢中になって。「かの紫のゆかり尋ねとりたまひてはそのうつくしみに心入りたまひて」（源氏・末摘花）**〇正月の一日** 永承六年（一〇五一）の正月一日。この年が永承六年であることについては「解説」参照。**〇里なるに** 中宮章子のもとから自宅に戻っている。**〇さりともと** たとえそうであってもと。いくらなんでもと。現状を不本意ながら認めた上で、なお希望的に用いる。

2**〇加賀権守経章** 伊予守平範国の二男。祖父の行義は出羽弁の従兄弟にあたる。経章は歌人でもあり、後拾遺集に二首入集。承保四年（一〇七七）八月、その年流行を極めた疱瘡のために没した。享年未詳。極官は従四位上、春宮亮。〔補説〕参照。**〇立つや遅き** 立つとすぐに。立つやいなや。「…や遅き」は、待ちかねる気持ちを表す。「ゐざりかくるるや遅きとあげちらしたるに」（枕・宮にはじめてまゐりたるころ）

〔補説〕 平経章は出羽弁の従兄弟の孫にあたる。長元八年（一〇三五）五月十六日の「関白左大臣頼通歌合（賀陽院水閣歌合）」（平安朝歌合大成　一二三）にはすでに「小舎人平経章」として員刺をつとめ、春記、永承三年（一〇四八）

の記述にも「藏人左衛門尉」としてその名が見えるから、両者は同時代人として活躍していたことは明らかだが、年齢的にはやや隔たりがあったのであろう。出羽弁は「ながらふるわが身ぞつらき」と言っている。仏事で里下がりをし、つれづれを慰めかねて、身内でもあり、和歌をも詠む、若い経章に歌を贈ったのであろう。経章が加賀権守であったという記録は今のところ他に見出し得ない。

なお、出羽弁について『平安時代史事典』などでは「でわのべん」で立項されているが、仮名書きでは「出羽」はすべて「いでは」である。「いでわのべん」が正しい。

二

すはうのせしたか、たこそのしはすにおやにおくれて歓す寺といふところにこもりゐてなけくにやりし

3 山さとにかすみのころもきたる人はるのけしきをしるやしらすや

かへし

4 かきりあれはかすみのころもきたれともたちいてぬみには、るもしられす

〔校異〕 4○かきりあれは―かきりあれや（類）　○たちいてぬみには―たちいてぬ身は（彰）　たち出ぬ身に（類）

〔整定本文〕 周防前司隆方、去年の師走に親におくれて、勧修寺といふところに籠りゐて嘆くにやりし

3 山里に霞の衣着たる人春の気色を知るや知らずや

返し

4 限りあれば霞の衣着たれどもたちいでぬ身には春も知られず

〔現代語訳〕 周防前司隆方が、去年の十二月に親に先立たれて、勧修寺というところに籠もって嘆いているのに詠

んでやった歌

3 山里で霞の衣（喪服）を身にまとっている人は、その霞が立つ春の様子をご存じなのかどうか。あるいはご存じないのかもしれませんね。

返し

4 きまりがあるので霞の衣（喪服）は身につけていますが、霞立つ春も、外に出ない身にはまったく知ることができません。

〔他出〕 ナシ

〔語釈〕 3 **○周防前司隆方**　備中守藤原隆光の二男。紫式部の夫である藤原宣孝の孫にあたる。〔補説〕参照。**○勧修寺**　京都市山科にある真言宗の寺院。内大臣藤原高藤女胤子（宇多天皇后で、醍醐天皇母）追善のために昌泰三年（九〇〇）に創建。以後、一門の氏寺となったため、高藤流は勧修寺家（かじゅうじけ）と呼ばれるようになった。宣孝、隆方らは勧修寺家の一員である。**○山里に**　「勧修寺といふところ」をさす。**○霞の衣**　たなびく霞を、春が着る衣服として見立てたもの。また、「霞」に「墨」をひびかせ、墨染めの衣、喪服をも意味する。「恨めしや霞の衣たれ着よと春より先に花の散りけむ」（源氏・柏木）

4 **○限り**　可能な範囲。限界。ここは、制限、きまりの意。「限りあれば薄墨衣浅けれど涙ぞ袖をふちとなしける」（源氏・葵）**○たちいでぬ身には**　「たち」に「立ち」と「裁ち」とを掛ける。「裁ち」は「衣」の縁語。

〔補説〕 藤原隆方が周防守であったことは、弁官補任、治暦元年（一〇六五）の「右中弁藤隆方」の項に、「永承元・二・七叙従五位下（蔵人）、十一日周防守」とあり、『平安遺文三』にも、「周防守藤原隆方切符案」なるものが永承四年二月の日付で三点ほど残されているから、間違いなく確認できる。永承元年（一〇四五）の二月十一日に周防守になり、四年という通常の任期に従えば、永承四年の段階ではまだ周防守であったことは問題がない。永承五年の二月ごろになって任務が終了したのであろう。その後、天喜二年（一〇五四）二月に右衛門権佐になり、蔵人、備後守などを歴任して、承暦二年（一〇七八）十二月、但馬守として任地に卒した。享年六十五歳。彼が「周防前司」と呼ばれていたのは従って永承五年二月以降、天喜二年二月以前ということになるが、「親におくれて」とあるのはいつの「師走」のことか。隆方には「但記」という日記があったことが知られているが、ごく一部しか残されていず、家集の配列から親の死も永承五年の「十二月」とは考えられるものの、日記から確かめることは残念ながらできない。永承六年正月の時点で、隆方は三十八歳だったはずである。

三

宮のあふみとの、子日のひのたまへる

5 ひきたえてちとせのはるはすくれともまつのみとりのいろはかはらす

かへし

6 ことにいて、たれもいはねのまつはさそとしふるま、にいろまさりける

【校異】 5○宮のあふみとの、―宮のあはみ殿、（彰）　○子日のひ―子のひ（彰・類）

6○いろまさりける―色増りけり（彰・類）

【整定本文】 宮の近江殿の、子日の日、のたまへる

5 引き絶えで千歳の春は過ぐれども松の緑の色は変はらず

返し

6 言に出でて誰もいはねの松はさぞ年経るままに色まさりける

【現代語訳】 宮の近江殿が、子日の日に、詠まれた歌

5　根を引くことは絶えず、毎年毎年春は過ぎるけれども、松の緑の色は少しも変わらないことです。

返し

6　言葉に出しては誰も言わないものの、岩根の松は、そのように年月が経つにつれて色がまさっていることです。

〔他出〕　ナシ

〔語釈〕　5**〇宮の近江殿**　中宮章子に仕えた女房。「某年五月五日　禖子内親王歌合」（歌合大成　一八二）に見える「近江」との関係については〔補説〕参照。**〇子日の日**　正月最初の子の日。当日、宮中では祝宴が催され、人々は野に出て小松の根を引き、若菜を摘んだ。なお、永承六年の場合は一月十二日が子の日に当たり、次の7・8番歌が「七日」の詠なので、配列の上で問題がある。**〇引き絶えで**　小松の根を引くことは絶えないで。6**〇言に出でて**　言葉にして。口に出して。**〇誰もいはねの松は**　「誰も言はね」と「岩根の松」の掛詞。

〔補説〕　開催年次は不明だが、五月五日に行われた禖子内親王歌合に「近江」なる人物が見える。当該歌合は十二番、二十四首の歌合で、参加歌人の中には、出羽、大和、宣旨など、本集にかかわりのある女房たちも名をつらねているので、一応、この「近江」と「宮の近江殿」とは同一人物である可能性が考えられる。もっとも「解説」でも述べたように、当該歌合に登場する「出羽」は斎院禖子内親王に仕えた別の「出羽」である可能性があり、さらに問題なのは、出詠歌人十三人のうち、他の歌人は原則として一人二首ずつ歌を詠んでいるのに、同じ左方である「あふみ」と「とほたあふみ」とは一首ずつしか詠んでいないので、実は「あふみ」と記されているけれども、「とほたあふみ」の誤りかとも萩谷朴によって指摘されていることである。

また田中恭子は、紫式部日記に登場する「宮の内侍」は後一条天皇の乳母であった従三位藤原基子であり、その基子は近江守源高雅の妻であったから、「近江内侍」「近江三位」とも呼ばれていたとし、この出羽弁集に登場する「宮の近江」もその基子の「最晩年の消息を伝えるものであると思われる」とする（「『紫式部日記』の「宮の内侍」」平安文学論集　風間書房）。しかし紫式部日記に見える「宮の内侍」の「宮」は当然彰子を指すのであろうし、この

「宮の近江」の「宮」は彰子から見れば孫にあたる章子を指すわけだから、そう簡単に結びつくかどうかについては疑問がある。

ともあれ中宮章子のもとにいる同僚女房の「近江」から、まだ里にいる出羽弁のもとに歌が贈られてきた。子日にふさわしく松を題材にした歌だが、どういう寓意があるのか、単に松の緑の濃さだけを詠んだ歌とは思われないものの、この詞書からはくわしいことはわからない。

四

なぬかのひゆきのいみしかりしにやまとの、たまへりし

7 いかにしてわかなつむらんゆきふかみはるともみえぬゆきのけしきに

かへし

8 さかさまにかへらぬとしをつみためてわかなはよそのものとこそ見れ

〔校異〕 7○なぬかのひ―七日（彰・類）○やまとの―やまて（彰）○わかなつむらん―わかれつむらん（彰）○ゆきの―雪の（彰）そらの（類）

8○つみためて―つみてためて（彰）

〔整定本文〕 七日の日、雪のいみじかりしに、大和のゝたまへりし

7 いかにして若菜摘むらむ雪深み春とも見えぬ野辺の気色に

返し

8 さかさまにかへらぬ年をつみためて若菜はよそのものとこそ見れ

〔現代語訳〕　七日の日、雪がひどく降ったので、大和が詠んでよこされた歌

7　どのようにして若菜を摘もうかしら。雪が深くてとても春とも思われない野辺の様子なので。

返し

8　元に戻らない年ばかりを積みためて、若菜を摘むことは、まるでよそごとに私は思っています。

〔他出〕　ナシ

〔語釈〕　7**○七日の日**　ここは正月の七日で、五節句の一「人日（じんじつ）」。若菜摘みの行事があり、七種の菜を食する。「七日、雪間の若菜摘み」（枕草子・正月、一日はまいて）**○大和**　女房名。有名な天喜三年五月三日庚申「六条斎院禖子内親王物語歌合」（歌合大成　一六〇）に登場し、「あやめかたひく権少将」なる物語（散逸）を提出した人物であろう。〔補説〕参照。**○野辺の気色に**　本文には「のへの」と「ゆきの」と両様あり、いずれにもミセケチは施されていないが、すでに「ゆきふかみ」と第三句にあるので、「のへの」を採用した。意味の上からもその方が穏当のように思われる。

8**○さかさまに**　逆の方向に。反対向きに。「さかさまに年もゆかなむとりもあへず過ぐる齢やともに帰ると」（古今・雑上・八九六）**○つみためて**　「積みためて」に「摘み」を掛ける。

〔補説〕　大和なる女房は、天喜三年の「物語合」のほか、永承四年十二月二日庚申「六条斎院禖子内親王歌合」（歌合大成　一三七）、ならびに永承（五年）五月五日「六条斎院禖子内親王歌合」（一四〇）、某年五月五日「禖子内親王歌合」（一八二）などにも歌人として登場している。萩谷朴はこの大和を勅撰作者部類に見える「大和宣旨」のことであろうとする。そこには「三条院太皇太后宮女房、中納言惟仲女、大和守義忠為妻之故号大和」とあり、大鏡によれば、はじめ内大臣伊周男である道雅に嫁し、一男一女を生んだが、「いかが思ひたまひけむ、みそかに逃げて、今の皇太后宮にこそまゐりて、大和宣旨とてさぶらひたまふなれ」とあるように、道雅のもとを離れ、「三条院太皇太后宮」（大鏡における「今の皇太后宮」と同一人物とすると、「三条院太皇太后宮」ではなく、「三条院皇太后宮」と

ありたい）である道長女妍子に仕えた。妍子は上東門院彰子の妹にあたる。寛弘八年（一〇一一）三条天皇のもとに女御として入内、翌年中宮、寛仁二年（一〇一八）に皇太后となって、万寿四年（一〇二七）三十四歳で崩じた。また、再婚相手かと思われる大和守義忠は、万寿二年（一〇二五）五月、自ら「東宮学士阿波守義忠歌合」（二二〇）を主催し、長久二年（一〇四一）二月の「弘徽殿女御生子歌合」（一二八）では判者をつとめた歌人でもあったが、大和守に任ぜられたのは、長元九年（一〇三六）十月〈範国記〉のことである。その後、長暦二年（一〇三八）に右中弁に任ぜられるものの、弁官補任には「大学頭・東宮学士・大和守如故」とあり、兼任だったようである。没年は長久二年十月。まだ大和守在任中であったが、吉野川で舟遊びをしていて、舟が覆り、溺死する。大和守に任ぜられてから六年目であるから、あるいは重任していたのであろうか。ともあれ、夫の義忠が大和守になったのは妍子の没した九年後のことである。勅撰作者部類の記述に、「三条院太皇太后宮女房」で、「大和守義忠」の妻であったが為に「大和」と号したとあるのは、従って理に合わない。妍子づきの女房であった時代にはまだ義忠は大和守になっていなかったのである。栄花物語、巻三十五には、章子内親王のもとで「大和」なる女房が出羽弁と歌を詠みかわしている。記事の年次は長久五年と推定されているが、あるいはそのころすでに再出仕していたのではないか。橘為仲朝臣集にも「中宮の大和の君」という呼称で登場している。為仲集における「中宮」とは常に章子内親王のことだから、彼女が章子内親王のもとに出仕していたことは間違いないが、その折の名称が「大和」で、それがはじめからのものと誤り伝えられたのであろうか。なお後拾遺集には「大和宣旨」の名で三首入集し、そのうち二首は中納言定頼に贈った恋の歌である。また本朝書籍目録の仮名の項には、物語や記録類のほか、日記類も記されているが、和泉式部日記や紫式部日記、讃岐典侍日記等とともに「大和宣旨日記　一巻」なる記述が見える。具体的にどういうものかは不明だが、いずれにしても彼女は歌人で、物語作者でもあり、才女であったことは確かである。二人ともこの時点ではかなりの年齢に達していて、いわゆるベテラン女房であったのであろう。

五

宮のせし殿、としたちかへりてしるしもみえすはれまなきにこゝのへはいふせさもまさりてなとやうによみたまへりしおほむふみとう、しなひてわすれて御かへりことのかきりおほゆるそあやしきしはすにせち分してしなり

9 としのうちにたちにしはるのひかすにはのこるつらゝもあらしとそ思

【校異】 9○おほむふみとう、しなひて―御ふみともうしなひて（類）○御かへりことのかきり―御返しのかきり（類）○ひかすには―ひかすにそ（彰・類）

【整定本文】 宮の宣旨殿の、年たち返りてしるしも見えず晴れ間なきに、九重はいぶせさもまさりて、などやうに詠みたまへりし御文、疾う失ひて、忘れて、御返り事の限りおぼゆるぞあやしき、師走に節分してしなり

9 年のうちに立ちにし春の日数には残るつららもあらじとぞ思ふ

【現代語訳】 宮の宣旨殿が、年が改まって、春らしい様子も見えずに晴れ間がない折、「宮中ではうっとうしさもまさって」などのように詠んでこられたお手紙を、早くなくして、具体的な内容は忘れて、こちらから差し上げたご返事だけをおぼえていることの奇妙さ、昨年の十二月に節分になってしまった年である

9 暮れのうちに迎えてしまった春の日数を考えますと、もう残っている氷もあるまいと思われます。

【他出】 ナシ

【語釈】 9**○宮の宣旨殿** 中宮章子に仕えた女房。「宣旨」と呼ばれる女房は多いが、栄花物語、巻三十三に見え

る「宣旨の君」あるいは「宮の宣旨」「中宮の宣旨」と同一人物であろう。後一条天皇や中宮威子の崩御に際して出羽弁らとともに歌を詠み合っている。〔補説〕参照。**〇しるし** 徴候。ここは新春らしいはなやかさ。**〇九重** 宮中。**〇いぶせさ** 晴れ晴れしない、気持ちが滅入る様子。うっとうしさ。**〇御文** 宣旨殿がくださったお手紙。「よみたまへりし」とあるので歌中心の手紙であろう。**〇御返り事の限り** ご返事だけ。「…の限り」はそのものだけに限る意。…だけ。「牛の限り引き出でていぬる」(枕・すさまじきもの)**〇師走に節分してしなり** 「節分」は季節の移り変わる時。立春、立夏、立秋、立冬などの前日をいう。「しはす」は十二月。ここは旧年中に立春になった年。永承五年(一〇五〇)は十二月十七日が立春。「解説」参照。**〇年のうちに** 年内に。旧年中に。**〇立ちにし春** 立ってしまった春。立春になったことをいう。**〇つらら** 水面などに張った氷。現代語の「つらら(氷柱)」に相当するものは「垂氷(たるひ)」という。

〔補説〕 栄花物語に登場し、「宣旨の君」あるいは「宮の宣旨」「中宮の宣旨」などと呼ばれる女性は、はじめ、後一条天皇の中宮威子に仕えていて、出羽弁とは同僚の女房であった。栄花物語巻三十三は「著るはわびしと歎く女房」という巻名のとおり、長元九年(一〇三六)の後一条天皇崩御と、それを追うようにして亡くなった中宮威子との件が中心で、お二方を悼み、喪服姿で嘆き悲しむ女房達が主に描かれている巻だが、宣旨の君は、出羽弁、出雲などとともに追慕の歌を詠み、まだ十一歳であった遺児の一品宮章子内親王(後の中宮)に付き添って、内親王の祖母にあたる上東門院彰子のもとに参上したりしている。巻末には、一品宮のもとに参上した権大納言長家と、それを迎えるような形での宣旨の君、出羽弁との歌のやりとりがあるが、二人はすでに一品宮のもとにいたのであろうか。「この宣旨は宮の御乳母なりけり。殿の上の御姪にものしたまふ」との記述もある。宣旨は一品宮の御乳母でもあったらしい。また「殿の上」とは頼通室隆姫のことで、隆姫は具平親王女であるから、隆姫の姪ということは具平親王の孫でもあったらしい。ただし両親が誰であるかは具体的にはわからない。

次の「暮待星」の巻では、翌長暦元年(一〇三七)、一品宮の裳着が行われていて、東宮(後の後冷泉天皇)のもとに差し上げる歌を出羽弁が代作している。明らかに一品宮のもとに仕えていると考えられる。威子の没後、宣旨や出羽弁はこうしてわりに自然な形で一品宮章子のもとに仕えるようになっていったのであろう。

六

このゆきのはれまなきにむかしいまのこともおもひいてられてものあはれなるほとにしもちくこ弁の御もとにたよりのありしにつけてきこえし

10 ゆきもよにふりにしことのこひし［るに］あはれきみもやおもひいつらん

御かへりこともさるやうありてことなりけれはと、めつ

11 としつきはゆきつもれともゝろともにこしちのことはいつかわすれん

〔校異〕 10○むかしいまのことも—むかしいまのこと（彰・類） ○ちくこ弁の—ちくこ弁の（彰・類） ○御もとに—御ともに（彰）

11○さるやうありて—さるやうにありて（彰・類） ○ことなりけれは—ことなかけれは（彰・類） ○と、めつ—と、めす（類）

〔整定本文〕 この雪の晴れ間なきに、昔今のことも思ひ出でられて、ものあはれなるほどにしも、筑後の弁の御もとに、便りのありしにつけて聞こえし

10 雪もよにふりにしことの恋しきをあはれ君もや思ひ出づらむ

御返り事もさるやうありて、異なりければとどめつ

11 年月は雪積もれどももろともにこし路のことはいつか忘れむ

〔現代語訳〕 この雪の晴れ間がないのにつけて、昔や今のさまざまなことが思い出され、しみじみとした思いに耽っているころ、筑後の弁の御もとに、たまたまつてがあったので言づけて申しあげた

10 雪も盛んに降り、旧りにし昔のことが恋しくてならないのを、まあ、あなたも思い出していることでしょうか。

ご返事もそれなりのものがあって、格別なものだったので書きとどめた

11 この雪が積もるように、年月は積もるけれども、これまであなたとともに辿ってきた道は、いつ、忘れたりするでしょうか。決して忘れたりはしません。

〔他出〕 ナシ

〔語釈〕 10 **○筑後の弁** 永承四年（一〇四九）十二月二日庚申「禖子内親王歌合」（歌合大成 一三七）に出詠している人物であろうか。他に所見なく、出自、伝等未詳。**○雪もよに** 雪が盛んに降るさまを表す。「雪もよに」の略かという。「雨もよに」「汗もよに」などの例がある。**○ふりにしこと** 雪が「降り」と「旧りにしこと」の掛詞。11 **○さるやうありて** 然るべき事情があって。それなりの理由があって。**○異なりければ** 他とは違っているので。特別なので。**○雪積もれども** 「積もれども」には、雪が積もれどもと、年月が積もれどもの、両意がある。**○こし路のことは** 「こし路」に、「来し路」と、雪の縁で「越路」とを掛ける。

〔補説〕 このやりとりは贈答の相手が異なるものの、「この雪の晴れ間なきに」とあり、7番の「七日の日、雪のいみじかりしに」、9番の「年たち返りてしるしも見えず晴れ間なきに」につづく、一連の雪に降りこめられての詠であろう。

七

このはつかのほとに経仏くやうしたてまつるに女院のさいものないしちかけれはくるまなからたてゝ（ち）き、たまふかへりてかくのたまへりし

12 うれしくもきみかみのりにまひあひてみえしつまきもこらむとそ思ふ

かれたるきのひかきといふ物にそひてたてる（りけ）をみたまへるなるへし

かへし

13 もろ人にひろめしのりもたきゝこるきみにましてそうれしかりける

〔校異〕 12○さいものないし―さゐもんのないし（彰・類）　○かへりて―かへり（類）　○まひあひて―参りあひて（類）

〔整定本文〕 この二十日のほどに、経仏供養じたてまつるに、女院の左衛門の内侍、近ければ、車ながら立ちて聞きたまふが、帰りてかくのたまへりし

12 うれしくも君が御法に参り●あひて見えし爪木も樵らむとぞ思ふ

枯れたる木の、檜垣といふ物に添ひて立てりけるを見たまへるなるべし

返し

13 諸人に広めし法も薪樵る君に増してぞうれしかりける

〔現代語訳〕 この二十日のほどに、経・仏をご供養申しあげたところ、女院の左衛門の内侍が、近いので、車に乗ったまま立ち止まってお聞きになっていたけれど、帰ってからこのようにおっしゃってよこした

12 うれしいことに、あなたのご法事にめぐりあって、たまたま目にした薪も樵りたい、仏道に励もうと思ったことでした。

枯れている木が、檜垣というものに添って立てかけてあったのをご覧になったのであろう。

返し

13 多くの人に広めた仏法のことも、仏道修行に励むあなたにも増してうれしいことでした。

〔他出〕 ナシ

〔語釈〕 12 **○この二十日のほどに** 永承六年（一〇五一）の正月二十日を指す。「解説」参照。**○経仏供養じたてまつるに** 経文や仏像を供養することを「経仏供養」といい、「供養」がサ変動詞として用いられる場合には「供養ず」と濁音化したらしい（日葡辞書）。「七日七日に経仏供養ずべきよしなど、こまかにのたまひて」（源氏・蜻蛉）**○女院の左衛門の内侍** 上東門院彰子に仕えていた女房。〔補説〕参照。**○近ければ** 両者の家の距離を言うのであろうか。**○車ながら立ちて** 車のままとどまって。通りすがりに車に乗ったまま立ち止まって聞いたのであろう。**○参りあひて** 底本の「まひあひて」では意味が通じない。類従本本文に従った。**○爪木** 薪にする小枝。「爪木を樵る」は後出の「薪樵る」に同じ。**○枯れたる木の** 以下、「見えし爪木」と詠まれていることに対する説明。**○檜垣** 檜の薄い板を編んで造った垣根。「この家のかたはらに、檜垣といふもの新しうして」（源氏・夕顔）

13 **○薪樵る** 釈迦が、木の実を拾い、薪を樵り、水を汲み、苦行して妙法を得たという法華経第五巻「提婆達多品（だいばだったほん）」に見える故事から、仏を信仰する、仏道を修行する意。「薪樵る思ひは今日をはじめにてこの世に願ふ法ぞはるけき」（源氏・御法）

〔補説〕 左衛門の内侍については、尊卑分脈の長良流、従二位民部卿藤原文範の男、理方の項に「母左衛門内侍」とあるのが問題となる。紫式部日記や栄花物語に登場する敦成親王誕生の際の御佩刀とりの「左衛門内侍」が、従来その文範妻とされてきたが、文範の子で理方の兄為信は、紫式部にとっては母方の祖父にあたり、文範の妻だとすると紫式部の曾祖父時代の女性になるわけだから、世代があまりにも違いすぎると異議を申し立てたのは萩谷朴である。『紫式部日記全注釈　上巻』（角川書店　昭和46年）にくわしい考証があるが、出羽弁の時代ではさらに時代が下ることになり、ますます文範妻とは考えにくいだろう。

また、御堂関白記や権記によれば、同時期に「左衛門内侍」と呼ばれる橘氏の掌侍がいたこと、また別な記事から「橘隆子」という掌侍がいたことがわかり、この時期の「左衛門内侍」は、あるいは「橘隆子」という人物だったのではないかと推定もされている。ただし現段階においては出自などについてはまったくわかっていない。

いずれにしても、本集では「女院の左衛門の内侍」と呼ばれており、「女院」とは上東門院彰子以外には考えにくいから、紫式部日記などに登場する「左衛門内侍」とこの「左衛門内侍」とは同一人物である可能性が非常に高いといえる。紫式部日記によれば、この人は陰口などの非常に多い人で、式部に対して「日本紀の御局」などとあだ名をつけたことになっている。83番歌にも登場する。

なお仲文集27番歌にも「左衛門の内侍」という人物が出てくるが、仲文と文範とはまったくの同時代人なので、これこそが文範の妻、理方の母である「左衛門の内侍」ということになろうか。

八

せうとのきみからうしてちくこになりたるにさいもの命ふのはらからもこのたひさかみになりたれはおなし心にうれしからんとにやつねにおとなひたまはぬ人なれとかくのたまへめる

14　このはるはいもせの山のむもれきもこなたかなたに花そさきける

かへし

いもせ山た、にはあらすむもれきのにほふはかりのはな、らねとも

〔校異〕 14〇つねにおとなひたまはぬ―常におとなひたまへぬ（類）〇かくのたまへめる―かくのたまへぬる（類）

〔整定本文〕 せうとの君からうじて筑後になりたるに、左衛門の命婦のはらからもこの度相模になりたれば、同じ心にうれしからむとにや、常に訪ひたまはぬ人なれど、かくのたまへめる

14 この春は妹背の山の埋れ木もこなたかなたに花ぞ咲きける

返し

15 妹背山ただにはあらず埋れ木の匂ふばかりの花ならねども

〔現代語訳〕 兄（弟）君がようやくのことで筑後守になったところ、左衛門の命婦の兄弟もこの度相模守になったので、同じ気持ちでうれしかろうというわけなのだろうか、いつも便りをくださるわけでもない人なのだけれど、このようにおっしゃってよこした

14 この春は、妹背山の埋れ木、世に顧みられないわが兄弟達も、あちこちで花が咲いたことですね。

返し

15 わが兄弟達も、捨てたものではありませんでした。埋れ木と同じで、決してはなやかに美しい花ではありませんけれど。

〔他出〕 ナシ

〔語釈〕 14**〇せうとの君** 「せうと」は、女性を中心とした場合の男兄弟。兄か弟かは問わない。ここも出羽弁の男兄弟をいう。ただし尊卑分脈の桓武平氏の項には、従五位下出羽守平季信の子としては出羽弁の記述しかなく、兄弟の存在は確認されない。**〇筑後になりたるに** 一般的には筑後守になったことを意味する。「相模になりたれ

ば」も同じ。しかしこの時期の記録はいずれも国司補任に見えず、具体的なことはわからない。**○左衛門の命婦のはらからも**　「左衛門の命婦」は和泉守源致明女で、内大臣伊周室。〔補説〕参照。なお「はらから」は生母を同じくする兄弟姉妹をいう。**○のたまへめる**　語法的には「のたまふめる」とありたい。類従本の「のたまへぬる」も不審。**○妹背の山の**　「妹背山」は紀伊国の歌枕。「妹」と「背」から、男女の間柄、あるいは兄妹の間柄を示す場合に用いる。「はらからどちいかなることか侍りけん　よみ人しらず　君と我妹背の山も秋くれば色変はりぬるものにぞありける」（後撰・秋下・三八〇）**○埋れ木**　地中や水中に長いこと埋もれてしまっている樹木。また、世に知られず、顧みられることのない身の上。

15 **○ただにはあらず**　いつもと様子が違っている。普通ではない。平凡ではない。

〔補説〕　正月の除目に関する話題であろう。それぞれの兄弟がようやく国司になったのを、「埋れ木」などと言いながらも素直に喜びあっている。出羽弁には何人もの兄弟がいたらしいが、〔語釈〕でも述べたとおり、具体的にはまったくわからない。左衛門の命婦なる女性も、小右記、治安四年三月十一日の条に、盗賊の人質になって、息子の身代わりにより救い出されたという記事があり、そこから、内大臣伊周の子顕長の母であることがわかり、尊卑分脈によってさらに和泉守源致明女であることまでは判明する（萩谷朴『紫式部日記全注釈　上巻』）。しかし致明の子供達については一切わからない。従って「せうとの君」や「左衛門の命婦のはらから」についての具体的なことは何一つわからないことになる。これまでしばしば「左衛門の内侍」と「左衛門の命婦」とは同一人物かとする推論がなされたりしてきたが、12番歌と14番歌の記述をもってしても、両者はまったくの別人であることが明らかである。

九

このさとはよろつのまらうとあつむるほうしせうとのかたはらなれはたよりか（に）はしるもしらぬも

うちおとなふにとほたあふ（み）のせしのりしけとかゆあみにきたるかくいひたる

16 うくひすのこゑをしきかぬわれかみは丶るのすくるもしられさりけり

かへし

17 うもれきと見えぬきみしもいかなれはいま丶てきかぬうくひすのこゑ

〔校異〕 16〇しるもしらぬも—底本ココデ改行シテイル（書・彰モ）

〔整定本文〕 この里は、よろづのまらうど集むる法師せうとのかたはらなれば、便りには、知るも知らぬもうち訪ふに、遠江前司教成とか、湯浴みに来たる、かく言ひたる

16 うぐひすの声をし聞かぬわれが身は春の過ぐるも知られざりけり

返し

17 埋れ木と見えぬ君しもいかなれば今まで聞かぬうぐひすの声

〔現代語訳〕 この里は、いろいろな客を集める法師である兄弟が住むそばなので、何かのついでには、知っている人も知らない人も訪ねてきたりするが、遠江前司教成とかいう人で、湯浴みに来ている人が、こう言った

16 うぐいすの声さえも聞かない私という身は、春が過ぎてゆくのも知ることができませんでした。

返し

17 不遇な埋れ木とはとても見えないあなたが、どうして今までうぐいすの声を聞かなかったのでしょう。

〔他出〕 ナシ

〔語釈〕 16○この里 出羽弁は目下宮中から里下がりをしている。〔補説〕参照。○法師せうと 法師で、出羽弁の兄弟である人、の意か。○遠江前司教成 出羽弁の従兄弟である安芸守平重義の子に「教成」なる人物がおり、それが該当するか。〔補説〕参照。○うぐひすの声をし聞かぬわれが身は 不遇、沈淪を意味するのであろう。

○知られざりけり 「れ」は可能の助動詞。打消を伴って不可能を意味する。知ることができなかった。

17○埋れ木 14番歌〔語釈〕参照。

〔補説〕 1番歌の詞書に「正月の一日里なるに」とあり、20番歌の詞書に「二月一日、宮に参りて」とあって、その間ずっと出羽弁は里住みをしていたと考えられ、「かたはら」に、客の多い「せうと」の家があったのであろう。そこに出入りする人物とのやりとりである。

ところでその「とほたあふみのせしのりしけ」なる人物であるが、「遠江前司教成」で、出羽弁の縁者の平教成だとすると、いくつかの点で疑問がないわけではない。まず教成は歌人で、後拾遺集に一首入集。従って勅撰作者部類にも記載されているのだが、そこには「五位紀伊守。安芸守平重茂男。至永承七年」とある。尊卑分脈では父を「平重義」とするが、ここでは「平重茂男」となっている。もっとも「義」と「茂」では誤りやすい文字ではある。また「至永承七年」とは何を意味するのか。もし「五位紀伊守」の期間だとすると、この集の年次は永承六年のことと考えられるので（〔解説〕参照）、当然その時点では「紀伊守」でなくてはならず、「遠江前司」とは齟齬をきたす。しかし国司補任によると翌々天喜二年の時点で紀伊守であったらしい痕跡があるから、「至永承七年」は必ずしも「五位紀伊守」とは結びつかないかもしれない。遠江守になった記録もまだ見いだし得ないし、従兄弟の子であるにもかかわらず「教成とか」という不確かな言い方も気にはなるが、ほかに適当な人物も見あたらない。この人物の肩書きが「遠江前司」となっているので、いわばこの時期、不遇をかこっていたと見ることは十分に可能で、もし平教成だとすると、その後紀伊守となり、天喜二年につづく、ということになるのだろうか。

一〇

いつみのあまうへときこえつるをはのすさかといひて山さとよりもよはれたるところにてなくなりたまへるにさきのさい院のきみはその人のとりわきむつましくものしたまうしかはいみにこもりてよろつした丶めはて丶正日になんやかてほかへわたるなとあるふみに

とあるかへし

18 あるもかくさま〳〵わかるなき人はいつれのみちにおもふきぬらん

19 かなしきはめのまへよりもなき人のおもふくみちをしらぬなりけり

〔校異〕18 ○きこえつるをはの―きこゆるつるをはの（彰）聞えつるをは（類） ○よはれたるところにて―よはなれたる所にて（類） ○ものしたまうしかは―ものしたまひしかは（彰・類） ○正日になん―ちるになん（彰・類） ○ほかへわたるなと―ほかへわたるとなと（類） ○あるもかく―あるもかへ（彰）

〔整定本文〕和泉の尼上と聞こえつるをばの、朱雀といひて山里よりも世離れたるところにて亡くなりたまへるに、前の斎院の君は、その人のとりわき睦まじくものしたまうしかば、忌みに籠もりて、よろづしたゝめ果てゝ、正日になん、やがてほかへわたる、などある文に

とある返し

18 あるもかくさまざま別る亡き人はいづれの道に赴きぬらん

19 悲しきは目の前よりも亡き人の赴く道を知らぬなりけり

〔現代語訳〕和泉の尼上と申しあげたおばが、朱雀といって山里よりももっと人里を離れたところでお亡くなりに

なった際、前の斎院の君は、そのおばが格別に仲よくおつきあいなさった方だったので、喪に籠もって、なすべき法事をすべてきちんとなし終えて、四十九日の当日に、「このままよそに行きます」などと言ってよこした手紙に

18 元気でいる人もこうしてさまざまに別れて行きます。亡くなった人は一体どういう道に向かっているのでしょう。

とある返事に

19 悲しいことは、目の前の、亡くなったというその事実よりも、亡くなった人の向かっている道を知らないことでした。

〔他出〕 ナシ

〔語釈〕 18 **○和泉の尼上** 出羽弁の「をば（伯母・叔母）」らしいが、詳細は不明。〔補説〕参照。**○朱雀** 朱雀大路のあたり。朱雀大路は都の中央を南北に走る大路で、今の千本通りにほぼ重なるが、当時はその東側、いわゆる左京（東の京）のみが栄え、右京（西の京）は非常にさびれていたらしい。従って人家の多い左京にくらべ、そのはずれに当たる朱雀のあたりは所によっては「山里よりも世離れたるところ」もあったのであろう。なお朱雀については、しゅしゃく、すしゃく、すさく、すさか、など、さまざまな表記がなされている。「やうやう、すざかの間に、この車につきて」（平中・二十五）**○世離れたるところ** 底本の「よはれたるところ」では意味が通じない。類従本本文によった。**○前の斎院の君** 永承六年当時の斎院は禖子内親王で、その前の斎院は後朱雀天皇の第二皇女娟子内親王、さらにその前は後一条天皇の第二皇女馨子内親王である。出羽弁の仕えた中宮章子は馨子内親王の姉で、しかも同じ威子を母とする。親しさの度合いからいったら馨子内親王が最も可能性が大きいだろう。馨子内親王は、長元四年（一〇三一）に斎院に卜定、同九年天皇の崩御により退下。その後、永承六年に東宮（後の後三条天皇）妃となるが、それは十一月のことで、永承六年一月段階ではまだ「前の斎院」と呼ばれていたと考えて問題が

ない。もっとも馨子内親王その人を指すなら、名称としては「前の斎院」だけでいいだろうし、「前の斎院の君」というのはやや不審。亡くなった「和泉の尼上」との関係から考えて、あるいは馨子内親王に仕えていた女房を指すのであろうか。**○忌みに籠もりて**　「忌み」は、汚れを去り、心身を清め、言動を慎むことを意味するが、ここは亡くなった「和泉の尼上」の喪に服すること。**○したため果てて**　「したたむ」は、準備や後始末をきちんとすること。万全に処理すること。**○正日**　四十九日、一周忌など、忌日当日をいう。ここは状況から考えて四十九日であろう。**○あるもかく**　元気でいる人もこのように。「ある」は、「亡き人」に対応する。**○いづれの道に赴きぬらむ**　四十九日までは死者の魂はまだ来世の生が定まらないという。「このほどまでは漂ふなるを、いづれの道に定まりて赴くらんと思ほしやりつつ」（源氏・夕顔）

19 **○知らぬなりけり**　知らないことだったのだ。「なりけり」は、いまはじめて気がついた、という気持ち。

〔補説〕「和泉の尼上」については、あるいは和泉式部のことではないかと大橋清秀は言い、その上で和泉式部の死と没年とを考えておられるが（「和泉式部の死」平安文学研究　第二十一輯　昭和33・6）、和泉式部が出羽弁の「をば」であるとする確証は現在のところまったくない。和泉式部は大江雅致女で、出羽弁は平季信女だから、もし仮に「をば」と姪との関係にあるとしたら母方の縁ということになろうが、尊卑分脈等によっても確認はとれない。現段階においては空想の域を出ないと言ってもいいだろう。むしろ経信集Ⅲに見える「朱雀の尼上」なる人物との関係が問題となるかもしれない。

何はともあれ「和泉の尼上」が亡くなり、「前の斎院の君」は喪に籠もっていた。当然ながら出羽弁も喪に服していたと考えるべきであろう。1番歌の詞書に、「行ひに心入りて、正月の一日里なるに」とあり、12番歌の詞書にも、「この二十日のほどに、経仏供養じたてまつるに」とあって、里において仏道三昧の生活を送っているらしいこととこのことはおそらく関係があるのであろう。正月下旬が四十九日だとすると、「和泉の尼上」の死は前年の十二月上旬ということになる。

二

二月ついたち宮にまいりてあふみとのにその、ちかきたえてきこえさりしを思ひいて、

20 いつとなきまつのみとりもこの春はちしほまされるいろをみせはや

あふみ殿

21 くらふれとちしほのまつもかきりあるをえたさしかはすちきりをそ思ふ

〔校異〕 20〇かきたえて―かきた、て（彰）

〔整定本文〕 二月一日（ついたち）、宮にまゐ（い）りて、近江殿（あふみどの）にその後（のち）かき絶（た）えて聞（き）こえざりしを思ひ出（い）でて

20 いつとなき松（まつ）の緑（みどり）もこの春はちしほまされる色（いろ）を見（み）せばや

近江殿（あふみ）

21 くらぶれどちしほの松（まつ）も限（かぎ）りあるを枝（えだ）さし交（か）はす契（ちぎ）りをぞ思ふ

〔現代語訳〕 二月一日、中宮のもとに参上して、近江殿にその後ぷっつりと便りを差し上げなかったことを思い出して

20 いつも変わることのない松の緑も、この春は一段と濃さのまさっている色を見せたいものです。

近江殿

21 くらべてみても、どんなに色の濃い松でも限度がありますが、枝をさし交わすその契りというものを私は思うことです。

〔他出〕 ナシ

〔語釈〕 20○二月一日 永承六年（一〇五一）二月一日。○宮にまゐりて 中宮章子のもとに帰参したのである。○近江殿 5・6番歌に見える「宮の近江殿」と同一人物。○その後 5・6番歌における「子日の日」のやりとり以降。○いつとなき いつということのない。いつもいつも。○ちしほ 「しほ（入）」は数詞で、染色の際、布を染料に浸す回数を示す語。「やしほ（八入）」「ももしほ（百入）」などと用いる。ここは「千入」。幾度も幾度も染めること。

〔補説〕 正月の子の日、里にいる出羽弁のもとに、近江殿から「松の緑の色は変はらず」と詠んでよこしたのに対し、弁は「年経るままに色まさりける」と返歌をしたのだったが、それっきりになってしまったのを思い出して、帰参してすぐ、今度はこちらから同じ「松の緑」の歌を送った。「ちしほまされる色を見せばや」や、「枝さし交はす契りをぞ思ふ」に、互いの友情の深さをこめているのであろう。

二二

おまへにおほえたなるさくらをうへさせ給たる花のいとをかしう見ゆるをわかおほむこゝろからしもゐをのみして(タマ)へたうとのゝのたまたる

22 雲ゐまてにほふと見れとゝもすれはかすみへたつるはなさくらかな

御かへし

23 くものうへにゝほひをちらすさくらはなかすみもいかゝへたてやるへき

〔校異〕 22○うへさせ給たる―植させたまひける（類） ○しもゐをのみして(タマ)―しもねをのみしたまて（彰・類）
○へたうとのゝのたまたる―へたう殿のたまへる（類）

〔整定本文〕　お前に大枝なる桜を植ゑさせたまひたる、花のいとをかしう見ゆるを、わが御心から下居をのみしたまひて、別当殿のたまひたる

22　雲ゐまで匂ふと見れどともすれば霞隔つる花桜かな

御返し

23　雲の上に匂ひを散らす桜花霞もいかが隔てやるべき

〔現代語訳〕　中宮様のお前に大きな枝ぶりの桜をお植えになっている、その花が大層すばらしく見えるのを、ご自分から局に引き籠もってばかりいらっしゃって、別当殿がおっしゃった歌

22　遠い空まで美しく咲きほこっているとは見えるけれども、ややもすると霞がさえぎっている花桜ですこと。私には残念ながら見ることができません。

御返し

23　雲の上に美しさを散らしている桜花を、霞もどのように隔てたりするでしょうか。あなたに対してさえぎったりはしていませんよ。

〔他出〕　ナシ

〔語釈〕　22 **○お前**　中宮章子のお前。**○わが御心から**　ご自分の気持ちから。ご自分の気持ちによって。**○下居をのみしたまひて**　新編国歌大観では「わが御心からしも、居をのみしたまひて」と「しも」を強めの助詞ととるが、ここは「下居」で、「下」に居ることをいうのであろう。「下」は女房などの私室。「日ひと日、下に居暮らしてまゐりたれば」（枕・頭中将のすずろなるそら言を聞きて）**○別当殿**　有名な天喜三年五月三日庚申「六条斎院禖子内親王物語歌合」（歌合大成　一六〇）に登場し、「霞隔つる中務の宮」なる物語（散逸）を提出した「女別当」と同一人物か。〔補説〕参照。**○雲ゐ**　雲のかかっている所。空。遙か遠い所。ここは宮中を指す。

〔補説〕　「別当」なる人物は「六条斎院物語歌合」のほか、永承年間に行われたと推定される「禖子内親王歌合」

（歌合大成　一三五）にも出詠しているので、この「別当殿」と同一人物である可能性はきわめて大きいが、出自などについては一切不明である。なお「女別当」とは一般には斎院や斎宮に奉仕する女官の長をいうから、禖子内親王づきの女性だったと一応は考えられるが、「下居をのみしたまひて」などとある点からから考えると、中宮章子のもとに仕えていた女房のようにも思われ、はっきりしない。

一三

まいりたるすなはちさい院の長官のたつねきこえたまへること、人のつけ給しにうちいはれぬる

あまりあれはわれたに思ひすつるみをいかなる人のわすれさるらん

〔校異〕　ナシ

〔整定本文〕　まゐりたるすなはち、斎院の長官の訪ねきこえたまへること、と人の告げたまひしに、うち言はれぬる

24　あまりあればわれだに思ひ捨つる身をいかなる人の忘れざるらむ

〔現代語訳〕　宮中に参上してすぐ、斎院の長官が訪ねて来られましたよ、と人が告げてくださったので、自然と口をついて出た歌

24　随分余分に生きてきたので、自分でさえもういいと思っている身を、どういう方がお忘れにならずにいてくださるのでしょう。

〔他出〕　ナシ

〔語釈〕　24**○まゐりたるすなはち**　里から宮中に参上してすぐに。**○斎院の長官**　95番歌の詞書に「さい院の長官なかふさのきみ」とあり、当時の斎院の長官は「長房」であったことがわかる。〔補説〕参照。**○うち言はれぬる**

「れ」は自発の助動詞。**○あまりあれば**　「あまりあり」は、程度を越えている。度が過ぎている。ここは年齢について言うか。〔補説〕参照。**○思ひ捨つる身を**　「思ひ捨つ」は、見捨てる。顧みない。「世の中を思ひ捨ててし身なれども心弱しと花に見えぬる」（後拾遺・春上・一一七　能因法師）

〔補説〕「斎院の長官」長房については、永承四年の「内裏歌合」（歌合大成　一三六）に「右近少将長房朝臣」、同じ年の「六条斎院禖子内親王歌合」（一三七）に「長官少将長房」、同六年の「内裏歌合」（一四五）には「右近権少将藤原長房」などと見え、歌合にしばしば登場するほどの歌人であった。中宮権大夫経輔の次男、中関白道隆の曾孫にあたる。公卿補任によれば、永承三年四月五日に斎院長官に就任し、また弁官補任によれば、永承七年四月七日に藤原定成が次の斎院長官に就任しているので、その時点では退任しているのであろう。永承六年当時彼はまだ二十二歳（あるいは二十三歳）ほどであったのに対して、弁はすでに五十歳を越えていたはずである。1番歌でも「ながらふるわが身ぞつらき」と言っている。何かにつけてトシを感じていたのかもしれない。

一四

これは二月つこもりとうの弁まいりたまて人〳〵の物かたりなどしたまてあしたにうたよみてまいらせんよなにことをたいにせましよろつのことのめなれたるにもてはなれたらんこともかなゝとたこのないしにとりわきてきこえたまふめりしをみしにいとめてたくてあめりし人とひとゝのおほむことなれとをかしけれはなん

25　春はたゝやなきさくらにあらすともつのくむあしを見てもすきなむ

かへし　ないし

26 さはみつにつのくむあしをみるとても雲ゐのはなをいかゝわすれん

〔校異〕 25〇人〳〵の―人〳〵（彰・類）〇うたよみてまいらせんよ―哥よみて参らせんに（類）〇いとめてたくて―いとめてたくそ（彰・類）〇人とひと、の―人とひとの（類）〇おほむことなれと―おほんことなれ（彰）〇やなきさくらに―やなきさくらを（彰）

〔整定本文〕 これは二月つごもり、頭弁まゐりて、人々の物語などしてあしたに、歌詠みてまゐらせむよ、何事を題にせまし、よろづのことの目馴れたるに、もて離れたらむこともがななど、丹後内侍にとりわきて聞こえたまふめりしを見しに、いとめでたくてあめりし、人と人との御事なれど、をかしければなむ

25 春はただ柳桜にあらずともつのぐむ芦を見ても過ぎなむ

返し、内侍

26 沢水につのぐむ芦を見るとても雲ゐの花をいかが忘れむ

〔現代語訳〕 これは二月の末、頭弁が中宮のもとに参上し、人々の物語などをして過ごしたその朝、「歌を詠んで差し上げましょう。どんなことを題にしましょうか。何もかも見馴れているので、何かありきたりではないものがあったらいいですね」などと、丹後内侍に格別に申し上げていらっしゃったようなのを見たので、たいそうすばらしい様子の、人さまと人さまとのことだけれど、興味深く思われたので

25 春はただ、柳や桜ではなくても、芽吹いた芦を見ても過ぎてしまうことでしょう。

返し、丹後内侍

26 おっしゃるように、沢水に芽吹いた芦を見るとしても、宮中の桜をどうして忘れたりすることができるでしょうか。

〔他出〕 ナシ

〔語釈〕　25○頭弁　永承六年当時の頭の弁は藤原経家である。公卿補任等によると、永承三年十二月から天喜四年正月まで、足かけ九年もの間在任している。四条中納言定頼男。歌人でもあり、永承四年内裏歌合（歌合大成　一三六）や永承六年内裏根合（一四六）等では方人頭として活躍した。栄花物語巻三十四、暮待星によると、中宮章子のもとで出羽弁とは連歌を詠み合っている。○人々の物語などして　「の」を主格ととり、「人々」を主語とする考え方もあるように思われるが、その場合は一般的には彰考館本などのように、格助詞「の」は用いないであろう。一応「の」を連体格にとり、「人々の物語」として解してみた。○あしたに　「あした」は、朝の意。前の晩に何か事があって（この場合は物語をして）、その朝をいう。前日の昼間に何か事があって、その翌朝のことは「またのあした」という。○目馴れたるに　「目馴る」は、見馴れる、いつも見ていて平凡に感じられる。○もて離れたらむこともがな　ここでは、「目馴れたる」ものからかけ離れたもの、平凡でないもの。「もがな」は願望の意を表す。……があるといいな。○丹後内侍　永承六年六条斎院禖子内親王歌合（一四四）等に見える「丹後」と同一人物か。本集にも、他に、37、42、43、49、50番歌に登場する。〔補説〕参照。○つのぐむ芦　「つのぐむ」は、芽吹く、芽ぐむ意。芦、薄、荻などに多く用いられる。「難波潟浦吹く風に波立てばつのぐむ芦の見えみ見えずみ」（後拾遺・春上・四四　よみ人知らず）

〔補説〕　二月末、頭弁経家が中宮のもとに参上し、女房たちと物語をした折のやりとりである。その場には多くの女房がいたのに、頭弁が、何か気の利いた題はないかと、「とりわきて」声をかけたのは丹後内侍で、その二人の様子をめでたく思った出羽弁が、その題には、たとえば「つのぐむ芦」などというのはどうですか、春は必ずしも柳や桜でなくてもいいのではないですかと、直接自分には関係のないことなのだけれど、二人に対して声をかけた形なのであろう。

なお丹後内侍については、大江匡衡と赤染衛門との子、江侍従と同一人物ではないかと田中恭子「江侍従伝新考」（国語と国文学　平成3年3月）は推定している。江侍従は内侍でもあったので、侍従内侍とも呼ばれ、夫の藤原兼房が丹後守でもあったので、丹後内侍とも呼ばれた、というのである。

一五

いつみのあまきみのをりのうすゝみをはかなきとふらひもなとならはしたる人のとはてすきにしかたゝ
おなしほとのふくになりたるをとひにやりたりし

27 うすゝみのそてをかけてやすくすらんわれをも人のおもひすつとて

かへし　むまのかみつねのふ

28 とはすとてうらみさらなむ中〳〵にかくれはそてのぬれまさりけり

〔校異〕 27○はかなきとふらひもなと―はかなきことゝふらひなと（彰・類）○すきにしかたゝ―すきにしかたへ（彰・類）○とひにやりたりし―とひにやりたり（彰）

〔整定本文〕 和泉の尼君の折の薄墨を、はかなきことどもとぶらひなど馴らはしたる人の、訪はで過ぎにしが、ただ同じほどの服になりたるを、訪ひにやりたりし

27 薄墨の袖をかけてや過ぐすらむわれをも人の思ひ捨つとて

返し、馬頭経信

28 訪はずとて恨みざらなむなかなかにかくれば袖の濡れまさりけり

〔現代語訳〕 和泉の尼君が亡くなった折の喪服姿を、ちょっとしたことでもすぐに訪ねてくれる人が、訪ねてくれずに過ぎてしまったのだが、ちょうど同じほどの喪に服することになったので、弔いにやった歌

27 今ごろは薄墨に染めた喪服の袖を身にかけて過ごされていることでしょうか。あなたは私のことも顧みようと

もしないで。

返し、馬頭経信

28 あなたを訪ねないからといって、恨まないでください。なまじ声をかけてくださると、一層涙で袖が濡れてしまうことです。

〔他出〕 経信集Ⅱ（二一七・二一八）

出羽

薄墨の袖をかけてややみなましわれをも人の訪はぬならひに

返し

訪はずとも恨みざらなんなかなかにかくれば袖も濡れまさりけり

経信集Ⅲ（二〇六・二〇七）

又、出羽

薄墨の袖をかけてややみなましわれをば人の訪はぬならひに

返し

訪はずとも恨みざらなむなかなかにかくれば袖も濡れまさりけり

〔語釈〕 27 **○和泉の尼君の折** 和泉の尼君が亡くなった折。「和泉の尼君」については18番歌参照。**○薄墨** ねずみ色。ここは薄墨色に染めた衣の意で喪服をあらわす。**○はかなきことども** ちょっとした、何でもない、日常的なことども。ここは喪に服しているので「はかなきこと」ではない。**○とぶらひなど馴らはしたる人** 訪れることなどが馴れている人。訪ねてくれるのが習慣となっている人。返歌の作者名から具体的には「馬頭経信」とわかる。**○同じほどの服** 「服」は喪に服すること。「同じほど」というのは死者との関係の度合いをいうか。

28 **○馬頭経信** 民部卿源道方男、俊頼の父。長和五年（一〇一六）生まれなので永承六年当時は三十六歳。「馬頭」

であったのは公卿補任によれば寛徳二年（一〇四五）から康平五年（一〇六二）まで。その後、民部卿、大納言等を経て、大宰権帥となり、永長二年（一〇九七）任地で没した。八十二歳であった。和歌はもちろん、漢詩、管弦にすぐれ、院政期初頭にかけて歌界の重鎮として活躍した。著作に経信集、難後拾遺集等がある。**〇恨みざらなむ**　恨まないでほしい。「なむ」はあつらえ望む意をあらわす終助詞。**〇なかなかに**　なまじ。かえって。むしろ。

〔補説〕　右の贈答は経信集にも見えるが、経信集では出羽弁との間に交わされた一連の贈答歌群の中にあり、そこではくわしい詠歌状況が記されていない。また「薄墨の」詠の第三句ならびに第五句に異同がある。本集では18番歌における記述を受け、まず身内の喪に服していた出羽弁が、あとから同じように喪に服した経信に対して、いわば弔問に送った歌と知ることができ、ずっと理解しやすくなっている。なお年齢的には相当年下であったらしい経信とかなり親しい間柄であったことが、これらの贈答によってもわかる。

一六

物かたりなとのついてにかくまいらぬほとなとかはかなきことにつけてもうちおとろかさせたまふましきおほし（いみしう）あなつりたりなとある人にいまかならすきこえさせんかうきゝつれはうるさきまてなといひたるに日ころもひさしう宮にもまいらすなとあるにをかしからんこともかないひやらんことなることなきはよしなしなと思ふほとにこのころのさくらよのつねの春よりもいみしきをひとえたおこせてあれより

みふのたいふさた中なり

29　をちこちの花のにほひしつねならはたれかはくるゝ春をゝしまむ

30

かへし

花ちらす春もつきせぬよなりせは人にとはれぬ身とやならまし

【校異】29○かくまいらぬほと―かくまいらぬ（彰・類）○おほしあなつりたりなと―おほしあなつりたりと（彰・類）○かならすきこえさせん―かならすきこえめ（書）○いみしきを―いみしきに（彰）○ひとえたおこせて―ひとえたおらせて（書・彰・類）

30○人にとはれぬ―人にもはれぬ（彰）

【整定本文】物語りなどのついでに、かくまゐらぬほど、などか、はかなきことにつけてもうち驚かさせたまふまじき、いみじうおぼしあなづりたり、などある人に、今、必ず聞こえさせむ、かう聞きつればうるさきまで、など言ひたるに、日ごろも久しう宮にもまゐらずなどあるに、をかしからむこともがな、言ひやらむ、ことなることなきはよしなし、など思ふほどに、このごろの桜、世の常の春よりもいみじきを一枝おこせて、あれより、民部大輔定長なり

29 をちこちの花の匂ひし常ならば誰かは暮るゝ春を惜しまむ

返し

30 花散らず春も尽きせぬ世なりせば人に訪はれぬ身とやならまし

【現代語訳】物語りなどの際に、「こうして私が参上しない間、どうして、ちょっとしたことにつけてもお便りをくださらないのでしょう。私のことをまったく無視されているのですね」などと言う人に、「すぐに、必ず差し上げましょう。こう聞いた以上はうるさいくらいまで」などと言っていたところ、ここ何日間も長いこと宮にも参上していませんなどと耳にしたので、おもしろいことがないかしら、何か言ってやりたいものだわ、格別どうということもないのはつまらない、などと思っているうちに、今咲いている桜、普段

の年よりもずっとすばらしいのを一枝よこして、向こうから……、その人は民部大輔定長でした

29 あちこちで咲いている花の美しさが普段と同じだったら、一体誰が暮れゆく春を惜しむことでしょう。今年は一段と美しいから、惜しまずにはいられないのです。

返し

30 花も散らず、春も尽きることのない世の中でしたら、誰からも訪ねられることのない身になったりするのではないでしょうか。春も暮れてゆくからこそ、こうして私もお便りをいただけるのです。

〔他出〕 ナシ

〔語釈〕 29 **○うち驚かさせたまふまじき** 「うち驚かす」は、基本的には、びっくりさせる、眠りを覚まさせる、などの意であるが、ここは、便りをする、訪れる意。「せたまふ」は最高級の尊敬語だが、会話の中では比較的気軽に用いられる傾向がある。**○おぼしあなづりたり** 「おぼしあなづる」は、「おもひあなづる」の尊敬語。「おもひあなづる」は、軽蔑する、侮る、軽んずる意。**○今、必ず聞こえさせむ** すぐに、必ず申し上げよう。**○をかしからむこともがな** 何か趣き深いことでもあったらいいな。「む」は連体形で、仮想の助動詞、「もがな」は願望の終助詞。**○一枝おこせて** 「おこせて」は、他本でははっきりと「おらせて」とあり、底本では「おらせて」とも「おこせて」とも読める箇所である。ところが35番歌の詞書には「ひとえだをりて、たゞ物もいはでおこせたるに」とあって、「をる」と「おこす」とでは明らかに仮名遣いが違っている。ここもおそらく「おこせて」が正しいのであろう。なお93番歌の詞書「きたのかたのおこせたまへるかへりごとに」も、他本では「おらせたまへる」とあるが、やはり「おこせたまへる」と読むべきものと考えられる。**○民部大輔定長** 底本には「みふのたいふさた中」とあるが、源時中の子（一説に孫）定長であろう。永承三年正月の春記の記事、および永承六年五月五日の内裏根合の殿上日記に「民部大輔定長朝臣」と見える。**○をちこち** 遠いところと近いところと。あちこち。**○花の匂ひし** ここは桜の花の美しさ、視覚的なものをいう。「匂ひ」は名詞。「し」は強めの副助詞。

〔補説〕 この贈答は、「花の匂ひし常ならば」「春も尽きせぬ世なりせば」と、いずれもまず仮定条件が示され、一方は「誰かは～春を惜しまむ」と反語の形で、もう一方は「身とやならまし」といわゆる反実仮想の形で結ばれている。「などか、はかなきことにつけてもうち驚かさせたまふまじき」とふざけて恨み言を言っていた男と、「をかしからむこともがな」「ことなることなきはよしなし」と考えていた女との歌のやりとりだから、おのずからひとひねりもふたひねりもした表現になっているのであろう。単に、暮れてゆく春が惜しい、訪ねてもらえるわが身がうれしい、などというよりはずっと複雑で、強調された言い方になっている。

一七

さるはあのちきりもこれよりさ(と)こそ思ひきこえつるにさすかにとてまた

31 よのつねのことはいはしと思ふまにおほつかなくてすきぬへきかな

となんおもひつるといひたれはまたゝちかへりかれより人にとはれぬふしなんうちおきかたきなといみしうすかして

32 たかやともかきねのさくらちりぬれとわれそとふらふ人やおとする

また

33 いか許いふせからましよのつねのことをいはしとわれもつゝまは

とあるかきねのかへしをまた

34 とふらふとたけきことのはさらはたゝくれの春のみまちやわたらん

〔校異〕 31〇これよりさこそ―これよりさこそ（書）これよりとこそ（彰）これよりとぞ（類）
32〇うちおきかたきなと―うちときかたきなと（類）　〇たかやとも―ためやとも（彰）

〔整定本文〕 さるは、あの契りも、これよりとこそ思ひきこえつるに、さすがに、とてまた

31 世の常のことは言はじと思ふまにおぼつかなくて過ぎぬべきかな

となむ思ひつる、と言ひたれば、またたち返り、かれより、人に訪はれぬふしなむ、うちおきがたき、などいみじうすかして

32 たが宿も垣根の桜散りぬれどわれぞとぶらふ人や音する

また

33 いかばかりいぶせからまし世の常のことを言はじとわれもつつまば

とある、垣根の返しを、また

34 とぶらふとたけき言の葉さらばただ暮の春のみ待ちやわたらむ

〔現代語訳〕 それはもともと、あの約束も、こちらからと思い申し上げていたのに、さすがに、と思ってまた

31 ありきたりのことは言うまいと思っているうちに、気がかりなまま過ぎてしまったようだ、

と思ったことでした、と言ったところ、すぐにまた、向こうから、「人に訪ねてもらえないということは、そのままにしてはおきにくいもの」などとひどく機嫌をとるような調子で

32 どの家も垣根の桜は散ってしまったけれど、私は訪れましたよ、でも、あなたは便りをくださったでしょうか。

また

33 どれほどか気が滅入ることでしょう。ありふれたことは言わない、と私もまた気がねなどしていたら。

とある、「垣根」の方の歌の返しを、また

34 訪れるというしっかりしたお言葉、もしそうなら、ただ私は、桜散る春の終わりだけを待ちつづけることにな

るのでしょうか。

〔他出〕ナシ

〔語釈〕31〇**あの契りも** 前段の「今、必ず聞こえめ、かう聞きつればうるさきまで」を指すのであろう。〇**世の常のことは言はじと** やはり前段の「ことなることなきはよしなし」を受けるのであろう。世間一般のありふれたことは言うまいと。〇**おぼつかなくて** 不明確な状態で。ぼんやりとして。また、そのために気がかりな状態で。32〇**すかして** 「すかす」は、欺く、その気にさせる、機嫌をとる。〇**人や音する** 「音」はこの場合、便り、訪れ、の意。あなたは便りをくれたか、くれなかったではないか。「や」は反語。33〇**いぶせからまし** 気が晴れないだろう。うっとうしいだろう。34〇**垣根の返しを** 直前の「いかばかり」の歌に対する返事ではなく、「たが宿も垣根の桜散りぬれど」の歌に対する返事を、の意。〇**暮の春のみ** 前段の「誰かは暮るる春を惜しまむ」を踏まえる。

〔補説〕明らかに前段のつづきで、民部大輔定長とのやりとりである。今回はまず出羽弁から言い訳めいた31番歌を送り、定長が返歌をする。32番・33番歌がともに定長の詠で、34番歌がまた出羽弁の詠であろう。「世の常」「桜」「暮の春」、いずれも前段のやりとりを踏まえた表現である。

一八

あふみのかみやすのりみゐてらにつくる山さとにさくらのさかりにきて見よとありしをいとよきことなといひしかとさかりになるまで思ひもたゝてやみぬるにそのころあしこにありてみもおとろけとにやえならすいみしきをひとえたをりてたゝ物もいはておこせたるに

35 ひとえたをみるにもいとゝ山さくらいまゝてゆかぬみもなけつへし

36 かへし　あふみ
山さくらきて見る人もあらなくにまつとてしらぬしつえなるへし

【校異】35○いとよきことなと―いとよきことになと（彰・類）○みもおとろけとにや―みもをとつけとにや（彰）みもおとろけとや（類）○いまゝて―今とて（類）○みもなけつへし―みもなけくへし（彰）
36○まつとてしらぬ―まつ人しらぬ（彰）

【整定本文】近江守泰憲、三井寺につくる山里に、桜の盛りに来て見よ、とありしを、いとよきこと、など言ひしかど、盛りになるまで思ひも立たでやみぬるに、そのころあしこにありて、見も驚けとにや、えならずいみじきを一枝折りて、ただ物も言はでおこせたるに

35 一枝を見るにもいとど山桜今まで行かぬ身も投げつべし

返し、近江

36 山桜来て見る人もあらなくに待つとて知らぬ下枝なるべし

【現代語訳】近江守泰憲が、三井寺に造る山荘に、「桜の花が満開の時に来てご覧になってください」と誘ってくれたのを、「何てすてきなこと」などと言っていたが、満開になるまでその気にもならずに過ごしてしまったところ、当時彼は向こうにいて、見て驚いてほしいという気持ちからであろうか、何とも言えずすばらしいのを一枝折って、言葉も添えずにただ送ってよこしたので

35 この一枝を見るにつけても、一層、そちらの山桜には、今まで行かなかった私も夢中になってしまいそうです。

返し、近江守泰憲

36 山桜は、誰も見に来てくれる人もいないのに、待とうとして、そのことを枝も知らないのでしょう。

【他出】ナシ

〔語釈〕 35**○近江守泰憲**　春宮亮藤原泰通の二男。寛弘四年（一〇〇七）―永保元年（一〇八一）。極官は正二位権中納言。近江守であったのは寛徳三年（一〇四六）二月から天喜二年（一〇五三）二月までの八年間（左少弁、右中弁などを兼任）であった。〔補説〕参照。**○三井寺につくる山里**　「三井寺」は天台宗の総本山である園城寺の通称。滋賀県（近江国）大津市にある。なお「つくる」は不審。「造る」か「付くる」か。いずれにしても落ち着かないが、一応「山里」を、山里にある別荘、の意にとって、「造る」と考えた。「宇治といふ所によしある山里持たまへりけるに渡りたまふ」（源氏・橋姫）**○あしこ**　あそこ。「三井寺につくる山里」を指す。**○見も驚けとにや**　見て驚けというのであろうか。「見驚く」という複合動詞の間に強めの「も」が割って入った形。**○えならずいみじきを**　何とも言えずすばらしいのを。「えならず」は、一通りでない、言うに言われぬ意。**○身も投げつべし**　ここは、物事に熱中する、身を打ち込む意であろう。「鞠に身を投ぐる若公達」（源氏・若菜上）

36**○近江**　近江守泰憲のこと。**○あらなくに**　ないのに。「あらず」のク語法に助詞「に」を伴った形。ここは逆接。**○下枝**　下の方の枝。ここでは泰憲自身を暗示する。

〔補説〕　天喜元年（一〇五三）五月、泰憲は三井寺において歌合を主催している。歌合本文そのものは残されていないが、たとえば後拾遺集、雑一（八四〇）に、

中納言泰憲、近江守にはべりけるとき、三井寺にて歌合しはべりけるに、月をよみ侍ける

永胤法師

いづかたへゆくとも月のみえぬかなたなびくくものそらになければ

などとあり、夫木和歌抄、冬部一（六五〇八）にも、

永承八年五月、中納言泰憲卿三井寺歌合、残菊を　読人不知

霜のうちにのこれる菊のにしきにはたちまさるべき花のなきかな

などとあることによって知られる。「永承八年」は一月に改元したので正式には天喜元年で、出羽弁集に記録され

た永承六年よりは二年後のことである。この歌合も、詞書には単に「三井寺にて」とあるが、実質的には彼の山荘かと思われる「三井寺につくる山里」で行われた可能性が高いであろう。

一九

ひと丶せも見しさくらのまたのさくらまたちりのこりてやとれいのたこのないしをしるへにしきこえていてたつにあつきに宮ちかき所にいてゐて山かすみにとちられそらのけしきもまたいとたと〱しうくらきほとにいそきいてたれとあなたのかたよりかへるくるまのあるをねたくもさきたちたる人のありけるかなとて　　ないし

37a 思ひほのかのくるまかな

とのたまふをうたになさむとて

b かけてたに

といひはへしかは　　こさこ

c われよりほかに花見ける人

【校異】37a○しるへにしきこえて―しるへとしきこえて（類）○あつきに―あへきに（類）
b○思ひほのかの―おもひのほかの（彰・類）
c○いひはへしかは―いひし侍しかは（類）

【整定本文】ひとゝせも見し桜本の桜、まだ散り残りてやと、例の丹後内侍をしるべにしきこえて出で立つに、暑きに、宮近き所に出でゐて、山は霞にとぢられ、空のけしきもまだいとたどたどしう暗きほどに、急ぎ出でたれど、あなたのかたより帰る車のあるを、妬たくも先立ちたる人のありけるかなとて、内侍

37 a 思ひのほかの車かな

b かけてだに

とのたまふを、歌になさむとて

と言ひはべしかば、小左近

c われよりほかに花見ける人

〔現代語訳〕いつかの年も見た桜本の桜が、まだ散り残っているだろうかと、いつものように丹後内侍を道案内役にお願いして出発しようとしたところ、暑いので、宮に近い所に出ていて、山は霞に立ち隠され、空の様子もまだ大層ぼんやりとして暗いころに、急いで出たのだが、向こうの方から帰ってくる車があるのを、「しゃくなことにもう行ってきた人がいるのだわ」と言って、丹後内侍が

37 a 思いもしなかった車ですこと

とおっしゃるのを、歌の形にしようと思って

b ほんの少しだけでも

と言いましたところ、小左近が

c 私達以外にも花を見た人がいたのですね

〔他出〕ナシ

〔語釈〕37 a **○ひととせ**　本来は一年の意であるが、ここは、過去のある年、先年、の意。何回も経験しているらしいことは、42番歌の詞書に、「たびたびになりぬるが」とあることによっても知られる。**○桜本**　地名。京都市左京区、大文字山の西麓で、現在の浄土寺、鹿ヶ谷のあたり。冷泉天皇の御陵などがある。「ある殿上人、桜本と

いふところにありときて、四月一日にやりし　けふはいとどさくらもとこそゆかしけれ春のかたみに花やのこると」（周防内侍集　三五）　**〇丹後内侍**　25番歌参照。**〇宮近き所に**　「宮」は不明。人物ならば「出でゐて」の主語になるはずだが、敬語が用いられていない。人物ではなく場所を示すか。**〇思ひのほかの**　「思ひほのかの」とする底本のままでは意が通じない。思いもしなかったところの、思いがけない、の意であろう。彰考館本等の本文によった。

b **〇かけてだに**　ほんの少しでも。いささかも。夢にさえも。否定や反語の表現を伴うことが多いが、伴わない場合もある。「かけてだにわが身のうへと思ひきや来む年春の花を見じとは」（後撰集　一四二二　伊勢）「秋近き萩の下葉のかけてだに漏りにし露ぞ夜はつゆけき」（馬内侍集　一九五）

c **〇小左近**　後拾遺集や続詞花集の作者。後拾遺集の勘物類によれば、中原経相女で、同じく後拾遺集の作者である新左衛門の姉、三条院の女房という。後朱雀院の崩御（寛徳二年　一〇四五）や、源経成の死（治暦二年　一〇六六）に際して歌を詠んでいるので、永承六年には生存していたことが確かであり、当時は出羽弁の同僚として中宮章子に仕えていた可能性もあろう。

〔補説〕　女房達が連れだって桜見物に行く場面である。同じ場面が50番歌までつづく。時期的には遅い花見だったが、まだ暗いうちに出かけたのに、もう帰ってくる車がいる。「思ひのほかの車かな」と丹後内侍がつぶやくのを、たまたまそれが七・五の形式だったので、出羽弁が歌の形にしようと、「かけてだに」と言ったところ、小左近が「われよりほかに花見ける人」とつけた。要するに三人が連歌の形式で、

かけてだに思ひのほかの車かなわれよりほかに花見ける人

という一首の歌を作ったことになる。女ばかりの、実にはなやいだ雰囲気の桜見物ということができよう。

なお、花を見るという行為は古くから行われているが、「花見」という名詞の確立は、右のように、人々が連れ立って、という意識のもとに行われるようになったのと時を同じくしてしているのではないかと、熊田洋子「名詞

『花見』の確立」（国文学論考　第44号　平成20年3月）は述べている。

二〇

たといふ物ゝてふれぬを見て　　こさこ

とあれは

38 花見るとなはしろ水にまかせつゝうちすてゝける春のを山た

39 春のたをまかする人はなくはなくかへす〳〵もはなをこそみめ

〔校異〕　ナシ

〔整定本文〕　田といふものの手触れぬを見て　　小左近

38 花見ると苗代水にまかせつつうち捨ててける春の小山田

39 春の田をまかする人はなくはなくかへすがへすも花をこそ見め

とあれば

〔現代語訳〕　田というものの少しも手入れしていないのを見て、小左近が

38 桜の花を見るということで、すっかり手入れを苗代水にまかせ、うち捨ててしまっている春の小山田ですこと。

と詠んだので

39 春の田をまかせる人はないことはなく、念には念を入れて花を見ているのでしょう。

〔他出〕　ナシ

〔語釈〕　38 **〇田といふもの**　当時の貴族階級、とりわけ女性が、自分たちに直接関係のない、いわば卑賤なものの

名などを言う時、わざわざこうした「といふもの」というような表現をとることが多い。「稲といふものを取り出でて」（枕・五月の御精進のほど）**〇手触れぬを**　歌の内容から考え、田の手入れをしていないことをいうか。**〇小左近**　37番c参照。**〇まかせつつ**　「まかす」は、ゆだねる意に、田に水を引く意を掛け、「小山田」の縁語。
39**〇かへすがへすも**　「かへすがへす」は、繰り返し繰り返し、重ね重ねの意に、田畑を耕す意の「返す」を掛け、「まかする」とともに「田」の縁語。

〔補説〕　春は花に心が奪われ、田の管理が十分に出来ないという歌には、たとえば拾遺集（春・四七　斎宮内侍）に見える、

　春の田を人にまかせて我はただ花に心をつくるころかな

などがある。この「まかせて」も同じく「田」の縁語であろう。

二一

たつぬるさくらはところ〳〵ましりても、の花のめもあやにおもしろくにほひたるに

40 まちもあへぬさくらかひなしも、の花三千とせの春これをたつねむ

こさこ

41 みちとせの花(ニ)うつろふきみなれはまたぬさくらも心ありけり

〔校異〕　40〇まちもあへぬ―まちもあはぬ（彰・類）

〔整定本文〕　尋ぬる桜はところどころまじりて、桃の花の目もあやにおもしろく匂ひたるに

40 待ちもあへぬ桜かひなし桃の花三千歳の春これを尋ねむ

小左近

41 三千歳の花に移ろふ君なれば待たぬ桜も心ありけり

〔現代語訳〕 目当てにしてきた桜はところどころまじって、今は桃の花がまばゆいほどみごとに咲きほこっているので

40 ちゃんと待っていてもくれない桜は甲斐のないことです。桃の花は三千年に一度と言われるが、その花咲く春を尋ねることにしましょう。

小左近

41 三千年に一度とかいう花にすぐに心が移ってしまうようなあなたなので……、待っていない桜にもやはり心はあるのですよ。

〔他出〕 ナシ

〔語釈〕 40○目もあやに 目がくらむほどに。まぶしいくらいに。○匂ひたるに 「目もあやに」とあるので、ここは当然視覚的な意味であろう。美しく色づく。美しく照り輝く。色美しく映える。○待ちもあへぬ 「あへぬ」は動詞「敢ふ」の未然形に打消の助動詞が伴った形。十分に出来ない、こらえきれない、しきれない、などの意を表す。「山河に風のかけたるしがらみは流れもあへぬ紅葉なりけり」(古今・秋下・三〇三) ○三千歳の春 中国に西王母という仙女の伝説があり、それにちなむ故事に、三千年に一度実がなるという桃がある。「三千年になるてふ桃の今年より花さく春にあひにけるかな」(拾遺・賀・二八八)。

41○小左近 37番c参照。

〔補説〕 花見としては時期的にやや遅く、「まだ散り残りてや」と出かけてきたのだったが、やはり桜はところどころといった感じで、桃の花が満開であった。せっかくやってきたのに待っていてくれないと桜に不満を示す出羽弁、たちまち他の花に心を移すようでは待っていてくれないのもあたりまえと揶揄する小左近、西王母伝説の桃に

からめてのやりとりである。

二二

ないしの御しるへにてたひ〳〵になりぬるかうれしきことなといひて

42 春ことにはなのしるへとなる君は、かな、からもあはれちきりや

ないし

43 春ことに花、かりせは我にきみなけのあはれもかけすやあらまし

〔校異〕 42○御しるへにて―御しるへは（類） ○なりぬるかうれしきこと―なりぬるかかなしきこと（書） ○いひて―いひ（彰・類）

43○花、かりせは―花たよりせは（書）

〔整定本文〕 内侍（ないし）の御しるべにてたびたびになりぬるがうれしきこと、など言（い）ひて

42 春ごとに花（はな）のしるべとなる君ははかなながらもあはれ契（ちぎ）りや

内侍（ないし）

43 春ごとに花なかりせば我に君（きみ）なげのあはれもかけずやあらまし

〔現代語訳〕「内侍のご案内でこうして花見が幾たびにもなったことがうれしいことです」などと言って

42 春が来るたびごとに花の案内人となるあなたは、はかないながらも、しみじみご縁だと思いますね。

内侍

43 春が来るたびにもし花がなかったら、私に対してあなたはそんなかりそめの情けもかけてはくれなかったでし

ょう。たとえそうした情けでもかけてくれるのは、やはり花があるおかげです。

〔他出〕 ナシ

〔語釈〕 42 **○内侍** 丹後内侍。37番歌参照。**○御しるべにて** 37番詞書にも「例の丹後内侍をしるべにしきこえて出で立つに」とある。**○うれしきこと** 書陵部本には「かなしきこと」とある。実は底本の筆跡にも大きな問題があると考えられる。〔補説〕参照。

43 **○花なかりせば** 花がなかったら。末尾の「かけずやあらまし」と呼応して反実仮想を表す。実はここも底本は非常に読みにくく、書陵部本には「花たよりせば」とある。補説参照。**○なげのあはれも** 「なげの」は「無げの」で、なさそうな、というのが原義。「なげのあはれ」は、本心からとも思えない、かりそめの、うわべだけの情けや愛をいう。「もとよりさるべき仲、えさらぬ睦びよりも、横さまの人のなげのあはれをもかけ、ひと言の心寄せあるは、おぼろけのことにもあらず」(源氏・若菜上)「寝し床に玉なきからをとめたらばなげのあはれと人も見よかし」(和泉式部集・三一〇)

〔補説〕 底本とした冷泉家本は、解説でも触れているように、いわゆる伝西行筆本で、名筆の誉れ高い一条摂政御集などと同筆。ただし非常に特異な筆跡であることも確かで、ある意味では甚だ読みにくい。たとえば問題になっている「たひ〳〵になりぬるか……」の箇所は次のようになっている(『冷泉家時雨亭叢書 平安私家集 二』による)。

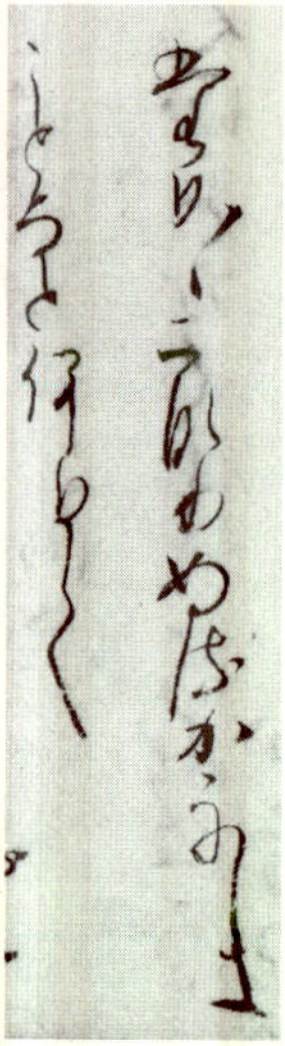

類従本や彰考館本ではこの箇所を「たひ〳〵になりぬるかうれしきことなといひて」とするが、書陵部本では「かなしきこと」とする。書陵部本は冷泉家本のきわめて忠実な写しで、改行や改丁をはじめ字配りまで完全に一致す

るほどだが、ここを「かなしき」と書写しているのは間違いなくそう読んだということであろう。同じような文字は45番の詞書や90番、95番の歌にも見え、いずれも書陵部本では「かなし」とする。後に述べるように45番の詞書には問題があり、類従本や彰考館本でも「かなし」としているのだが、基本的にはすべて「うれし」の方が内容面からはいいように思われる。

また43番の歌も、冷泉家本では、

となっており、書陵部本ではこれを「春ことに花たよりせは……」と読んでいる。ここもむずかしいところだが、内容面からはやはり書陵部本の誤りで、「春ことに花ゝかりせは……（「か」の字母は「閑」）」と読み、「花なかりせば……」の意と考えるべきであろう。

冷泉家本がいかに読みにくいかという、右はほんの一例である。従来は信頼できる本文は書陵部本しかなかったのだが、より信頼できる本文としてその親本と思われる冷泉家本が出現したのちも、われわれはその読みにくさからかなりの度合いで書陵部本に頼っているところがある。かつて書陵部本が判読し、忠実に、しかもわかりやすく書写してくれていたおかげで、われわれは容易に読みすすめることが出来るのは確かだが、その書陵部本もまた完全ではないということになろう（拙稿「誤写と本文の整定」国文学言語と文芸　平成22年2月　参照）。

二三

44

さかりすきぬと思ふにいみしうめてたきにほひとものこりたるにまことに心もなくさみてみゆる

花をこそをしみにはくれ春ことにいのちをのふる山さくらかな

〔校異〕 44〇心もなくさみて―心になくさみて（彰） 〇みゆる―みる（彰・類）

〔整定本文〕 44 盛り過ぎぬと思ふに、いみじうめでたき匂ひども残りたるに、まことに心も慰みて見ゆる

44 花をこそ惜しみには来れ春ごとに命を延ぶる山桜かな

〔現代語訳〕 盛りは過ぎてしまったと思われたが、大層すばらしい色合いはまだ残っていて、桜の花は、まことに心も慰むように見える

44 花を惜しみに来たのは間違いないのですが、花の寿命どころか、毎春毎春、私どもの命を延ばしてくれる山桜ですこと。

〔他出〕 ナシ

〔語釈〕 44**〇匂ひども** ここも視覚的な意味であろう。**〇花をこそ惜しみには来れ** 「こそ…已然形」の形で意味的に完結せず、下文につづく場合、一般に、けれども、なのに、の意となり、逆接となる。花をこそ惜しみには来たのだけれど。

〔補説〕 花を見て寿命が延びるという歌には、たとえば次に示すように菊の場合が圧倒的に多い。

昔よりよはひを延ぶときくの花ひさしき色は君こそは見め（高遠集・六八）

君にこそ折りても見せめ見るたびによはひ延ぶてふ白菊の花（小侍従集・六八）

限りなきよはひのみかは見るままに心も延ぶる白菊の花（久安百首・清輔・九四八）

それに対して桜の場合は、

年経ればよはひは老いぬしかはあれど花をし見ればもの思ひもなし（古今・春上・五二）

というようなのはむしろ例外で、一般には、

今年より春知りそむる桜花散るといふことはならはざらなむ（古今・春上・四九）

世中に絶えて桜のなかりせば春の心はのどけからまし（古今・春上・五三）

うちはへて春はさばかりのどけきを花の心やなにいそぐらん（後撰・春下・九二）

と散り急ぐ花に対して心悩ます歌が多く、当該歌のように「命を延ぶる山桜かな」と詠むのは非常に珍しい例と言えよう。

二四

いまはちりぬらんと人のおし許たまへるにかくさかりすきぬといとうれしくて

45 たつねつるほともあり（ヲマチ）つるさくら花山のあらしとたれかいひけん

こさこ

46 春かすみたちかくしつゝきみまつにかせにしらせぬ花とこそ見れ

〔校異〕　45○いとうれしくて―いとかなしくて（書・彰・類）

46○きみまつに―君まつと（類）　○かせにしらせぬ―かせにしられぬ（彰・類）

〔整定本文〕　今は散りぬらむ、と人の推し量りたまへるに、かく盛り過ぎぬといとうれしくて

45 尋ねつるほどを待ちつる桜花山の嵐と誰か言ひけむ

小左近

46 春霞立ち隠しつゝ君待つに風に知らせぬ花とこそ見れ

〔現代語訳〕 「もう今は散っているでしょう」と人が推測なさったが、このようにまだ盛りが過ぎていないのを大層うれしく思って

45 私たちが尋ねて来た、その時を待っていてくれたような桜花、花に山の嵐、とは一体誰が言ったのでしょう。そんことはありませんでしたよ。

小左近

46 春霞が立ち、立ち隠しながらあなたを待っていたのですから、咲いたことを風に知らせない花だ、と思いましたよ。

〔他出〕 ナシ

〔語釈〕 45 **○人の推し量りたまへるに** 敬語が用いられているが、「人」は同僚の女房などであろう。出発前の推測である。**○かく盛り過ぎぬと** 「ぬ」は完了の助動詞ではなく、打消の助動詞の連体形ととらざるを得ないか。〔補説〕参照。**○いとうれしくて** 諸本すべて「いとかなしくて」とする。42番〔補説〕参照。**○山の嵐と** せっかく尋ねても花をはかなく散らしてしまうもの、として言っている。引用の根拠となったようなものがあったか。

46 **○小左近** 37番c参照。**○風に知らせぬ花** 花が咲いたことを風に知らせると、せっかく咲いたのに散らされてしまう、ということを前提にした表現。「あしひきの山がくれなる桜花散りのこれりと風に知らすな」（天徳内裏歌合・一四）「まだ散らぬ花もやあると尋ねみんあなかましばし風に知らすな」（後拾遺・雑六・一二〇一）

〔補説〕 本文にいろいろと問題がある。この花見行では、まず「まだ散り残りてや」と思いながらも出発し、桃の花の中にちらほらまじる桜の花を見ながら進むうちに、「いみじうめでたき匂ひども」がまだ残っていて、「心も慰みて」見えた。そうした流れからすると、ここは「かくさかりすきぬといとかなしくて」という他本本文ではまこ

とに解しにくい。少なくともそのあとにつづく歌のやりとりとは内容的に合わないし、前の44番歌とも明らかに矛盾する。42番歌〔補説〕でも述べたように、やはりここも「うれしくて」でなければならないであろう。ただそうすると、今度は「かく盛り過ぎぬと」の解が問題となる。「ぬ」は一般的な語法では完了の助動詞ととらざるを得ないであろうが、このように盛りが過ぎてしまったことだ、というのでは意味をなさない。「かく盛り過ぎぬを｜いとうれしくて」の誤写と一応考えたが、ともかく前後の状況と齟齬のないように理解すべきであろう。

二五

ましてとくいてたゝてなとゝくちをしけれは

47 なをきくはちりてのゝちにたつぬれと猶たのもしきさくらもとかな

こさこ

48 ちりかたのをりにしもこそつもりつゝさくらもとにはさかりなりけれ

ないし

49 ちるをたにみにとゆきつるかひありてたつねきにけるさくらもとかな

ないし

50 a またさかりなる花もありけり

小さこ

b 山ふかくこゝろのまゝにたつぬれは

〔校異〕 48○さかりなりけれ―さかりなりけり（類）

〔整定本文〕 まして、疾く出で立たで、など口惜しければ

47 名を聞けば散りての後に尋ぬれど猶頼もしき桜本かな

　小左近

48 散り方の折にしもこそ積もりつつ桜本には盛りなりけれ

　内侍

49 散るをだに見にと行きつる甲斐ありて尋ね来にける桜本かな

　内侍

50 a まだ盛りなる花もありけり

　小左近

b 山深く心のままに尋ぬれば

〔現代語訳〕 まして、「早く出かけてこないで」などとくやしいものだから

47 名を聞くと、散ったあとに尋ねて来たのですけれど、やはり頼みに思われる桜本ですね。

　小左近

48 散るころの、ちょうどその折も折、花びらが積もり積もって、桜の根もとのあたりでは今や真っ盛りだったのでした。

　内侍

49 せめて散るのだけでも見に行こうと出かけてきた甲斐があって、尋ねてやって来た桜本なのですよ。

　内侍

50 a まだ真っ盛りの花もあったのでした。

小左近
b山の奥深く、心のおもむくままに尋ねてきましたところ。

〔他出〕 ナシ

〔語釈〕 47 **○まして** 「今は散りぬらむ」と言われながら出てきたのに結構見どころがあった、ということが前提になっている。**○名を聞けば** 「桜」という文字の入る名を聞くと。「猶頼もしき」にかかる。**○桜本** 地名。37a番歌参照。
48 **○小左近** 37c番歌参照。**○桜本** ここは地名に桜の根もとの意を掛ける。
49 **○内侍** 丹後内侍。25番歌ならびに37a番歌参照。

〔補説〕 花見に関する長い記述の末尾の部分である。出羽弁と小左近と丹後内侍との三人が、それぞれに「桜本」という地名に関連させて感想を述べ合い、最後は連歌の形で締めくくっている。

二六

おほむかたゝかへにおほ宮とのにわたらせたまふこと六月十よ日いつみのすゝしけさこたかきまつのとしふりにけるこすゑなとたゝにてすくさせたまふ所のさまならす七月十七日なとかならすおほむあそひありぬへきほとなるをこと〳〵しかへきほとにあらねとその日思ふさまならすあたり〳〵けるをたゝけしき許とてよき日なりけるを権たぃふ正のすけなとさるへき人〳〵すこしまいりたまてにはのまついくらのとしをかゝきれるといふたいをたちまのかみさねつないたしたるをとの人〳〵いとようよみあつめたまへめるに女方もことさらにひとつにいたせとにわかにはへしかは

せしとの

51 にはのまつみとりのいろのふかけれはみつのそこまてちきるなりけり

大納言のきみ

52 めつらしき、みきますはちよまつのちきれるかすもたれかしらまし

さいさうのきみ

53 にはもせにちきれる松のちとせをもきみかよにこそかそへつくさめ

なとさま〳〵いひとられてすへきこともなかりしかは

54 きみかよにちきりはしむるにはの松ちよはよのつねかすもしられし

〔校異〕 51○た、にて―た、しく（彰）○こと〳〵しかへき―こと〳〵しかるへき（彰・類）○あたり〳〵けるを―あたり〳〵たるを（彰・類）○よき日なりけるを―よき日なりける（類）○よみあつめたまへめるに―よみあつめたまひいかに（類）○女方も―女かたも（彰・類）○にわかに―にわ［如本］（書）

52○大納言のきみ―大納言きみ（彰・類）

53「にはもせに」ノ歌以下、55番ノ詞書「宮つかさ」マデ脱（彰・類）

〔整定本文〕 御方違へに大宮殿に渡らせたまふこと、六月十余日、泉の涼しげさ、木高き松の年古りにける梢など、ただにて過ぐさせたまふ所のさまならず、七月七日など、必ず御遊びありぬべきほどなるを、ことごとしかべきほどにあらねど、その日、思ふさまならずあたりたりけるを、ただけしきばかりとて、よき日なりけるを、権大夫、正のすけなど、さるべき人々少しまゐりたまひて、庭の松いくらの年をか限れる、

といふ題を、但馬守実綱出だしたるを、外の人々いとよう詠み集めたまへめるに、女方も、ことさらに、ひとつに出だせ、と俄かにはべしかば

宣旨殿

51 庭の松緑の色の深ければ水の底まで契るなりけり

大納言の君

52 めづらしき君来まさずは千代まつの契れる数も誰か知らまし

宰相の君

53 庭も狭に契れる松の千歳をも君が代にこそ数へ尽くさめ

などさまざま言ひとられて、すべきこともなかりしかば

54 君が代に契りはじむる庭の松千代は世の常数も知られじ

〔現代語訳〕中宮様が方違えのために大宮殿にお移りになったのは、六月の十何日かで、その大宮殿は、泉の涼しそうな様子、木高い松の年を経た梢など、このまま何もせずにお過ごしになってはいけないような風情のところで、七月七日の七夕の日などには、必ず管弦の遊びがあって然るべきほどであるが、大げさに感じるほどのものではないけれど、そのお移りになった日は、期待どおりの日ではなくあたっていて、ただほんの形だけということで、吉日ではあったので、権大夫や、宮亮など、然るべき人たちが少しだが参上なさって、「庭の松いくらの年をか限れる」という題を、但馬守実綱が出したところ、戸外にいる人々が大層よく詠み集めなさったようであるが、女性陣も、特に、同じように出しなさい、と急に話がございましたので

宣旨殿

51 庭の松は緑の色が深いので、水の底まで深く契ったことでした。

大納言の君

52 めったにお目にかかることのないあなたがいらっしゃらなかったら、千年も待つという、その千代の松が契っている数はどれほどなのか、あまりに長すぎて、知っている人は誰もいないことでしょう。

宰相の君

53 庭いっぱいに契っている松の千歳も、中宮様の御代にはきっと数え尽くすことが出来るでしょう。もっとずっとご長寿のはずですもの。

などとさまざまに言われてしまって、もう言うべきこともなくなってしまったので

54 中宮様の御代に契りはじめる庭の松は、千歳などというのは当たり前のこと、実は数も知られないことでしょう。

〔他出〕 ナシ

〔語釈〕 51 **〇御方違へ** 「方違へ」とは、外出などの際、陰陽道で凶とされる方角を避け、一旦他に宿泊してから方角を変えて目的地に行くこと。「御」が用いられているので、ここは中宮章子の方違えであろう。もちろん女房たちも同行したのである。**〇大宮殿** 中宮大夫であった藤原長家（55番歌参照）の邸宅。御子左殿を指す。〔補説〕参照。**〇六月十余日** 永承六年六月十六日か。〔補説〕参照。**〇ただにて過ぐさせたまふ所のさまならず** 無為に過ごしてしまってはもったいないと思われるほど、すばらしい所、の意。**〇御遊び** 一般的には管弦の遊び。ここにも「御」が用いられている。女房たちが私的に行うのではなく、中宮を中心とした行事を意味する。**〇ことごとしかべきほどにあらねど** 「ことごとしかるべきほどにあらねど」の撥音便「ことごとしかンべきほどにあらねど」の「ン」無表記。仰々しい、大げさなはずのものではないけれど。**〇その日** 「七月七日」ではなく、方違えの当日、すなわち「六月十余日」を指すのであろう。**〇思ふさまならずあたりたりけるを** 「思ふさまならず」は、心に思うとおりでなく、期待どおりでなく、の意。「しぶしぶに思ひたる人を、しひて婿取りて、思ふさまならずと

嘆く」（枕・あぢきなきもの）　ここはわかりにくい表現だが、次の「よき日なりけるを」とともに、暦の上の吉凶などをいうか。なお「あたりたりけるを」は諸本すべて「あたり〳〵けるを」あるいは「あたり〳〵たるを」とあり、可能性としては「あたりたり」ではなく「あたりあたり」と読めないこともない。ただし「この事かの事と、あたりあたりの事ども、家司（けいし）どもなど申す」（源氏・東屋）や、「御物宿り、進物所などに、さまざまあたりあたりにしゐたり」（栄花・根合）など、「あたりあたり」には名詞の用例はあるが、「あたりあたる」という動詞の用例は見当たらない。**○権大夫**　当然、中宮権大夫のことと思われるが、当時の権大夫は藤原経輔（一〇〇六―一〇八一）。関白道隆の孫、大宰権帥隆家の二男で、永承元年七月から康平八年三月まで、足かけ二十年間その職にあった。24番に見える斎院長官長房、81番に見える師基少将の父にあたる。**○正のすけ**　74番、89番に見える「宮のすけ」と同一人物であろう。「宮のすけ（亮）」とは中宮職の次官で、当時の中宮亮は、永承四年内裏歌合、永承五年祐子内親王歌合、永承六年内裏根合、あるいは栄花物語等によれば、藤原兼房（一〇〇一―一〇六九）である。粟田関白道兼の孫、中納言兼隆の男。後拾遺集以下の勅撰歌人で、十七首入集。なお枝松論文では、「権」ではなく「正」であることを明示するため「正のすけ」とした、とされるが、ここは単なる誤写であろう。「宮」と「正」とは文字をくずすと誤りやすい。**○庭の松いくらの年をか限れる**　歌題。漢字で書くと「庭松限幾年」ということになろうか。ただし次の歌の内容からは「庭松契幾年」の方がふさわしく、「かきれる」はおそらく「ちきれる」の誤写であろう。**○但馬守実綱**　従三位藤原資業男。一〇一一―一〇八二。実綱が但馬守になったのは、尊卑分脈によれば永承二年正月。職事補任、大日本史国郡司表によれば永承三年正月。任期四年として前者の場合は永承六年正月まで、後者の場合は永承七年正月までということになろう。永承六年六月の段階まで但馬守であったとすると、後者の方が正しいか。なお春記、永承五年三月十五日の条にも「但馬守実綱朝臣」と見える。後拾遺集以下の勅撰歌人で、本朝無題詩に二編の詩を残す漢詩人でもあった。**○外の人々**　権大夫や宮亮など、庭にいる男どもを指す。**○詠み集めたまへめるに**　語法的には「詠み集めたまふめるに」とありたいが、あるいは「詠み集めたまへるめるに」の約か。**○女方も**　「をんながた」と読むべきか。あるいはこのままで「女房」の当て字と考えるべきか。いずれにしても「外の人々」に対して室内にいる女性達を指すのであろう。**○ひとつに**　異なるもの（ここでは「外の人々」と「女方」）を、同一に、の意。**○はべしかば**　「侍りしかば」に同じ。**○宣旨殿**　9番歌参照。**○緑の色の深ければ**　色の深さから水底の深さを言い、いつまでもの気持ちを表す。

52 **○大納言の君**　延久二年（一〇七〇）二月、後三条天皇の第二皇子が誕生し、その初参内の折に皇子を抱いた女性が「資房宰相女、大納言の君」と伝えられるが（栄花・松のしづえ）、同じ「大納言の君」であるかどうかは確認できない。**○千代まつの**　「まつ」は、「待つ」と「松」の掛詞。初二句は「千代まつ」を導く序。**○誰か知らまし**　誰が知っているだろうか、誰も知らないだろう。松の長寿の計り知れなさをいう。

53 **○宰相の君**　長久二年（一〇四一）四月七日、権大納言師房歌合（平安朝歌合大成　一二九）に登場し、長久五年四月、関白頼通の嫡子通房が亡くなった際に歌を詠んだ（栄花・蜘蛛のふるまひ）「宰相の君」と同一人物か。同人については参議広業女で、「新宰相」と呼ばれた人物、と推定する説もあるが、勅撰作者部類には「三条院女房」とあり、時代的に考えても、章子との関係からいっても、問題がある。**○君が代にこそ数へ尽くさめ**　どんなに松が長寿でも、君の御代には数え尽くすことが出来るほど、君は、より長寿だ、の意。「君」は中宮を指すのであろう。

54 **○さまざま言ひとられて**　言いたいと思っていたあれこれをすべて先に言われてしまって。

〔補説〕　永承六年当時、長家がこの「大宮殿」に住んでいたことを枝松論文は詳細に論じている。「大宮殿」は、もと源兼明の邸宅。兼明は、醍醐天皇の御子で、左大臣だったため、「御子左（みこひだり）」と呼ばれ、その邸宅も「御子左殿」と呼ばれた。また場所は、拾芥抄によれば「三条坊門南、大宮東」。そのためか、「三条殿」とも「大宮殿」とも呼ばれた。庭園のすばらしい邸宅だったらしく、栄花物語・暮待星にも、

御子左殿とて、大宮なる所をいとおもしろく造りてぞものせさせたまひける。水の流れ、神さびたる松のけしきなど、なべての所に似ず。

と見える。
なお方違え当日の「六月十余日」についてだが、永承六年当時の記録を見ると、たとえば十三代要略には、
（六月）十六日、行幸太政官朝所
七月　十一日　遷御大膳職
十九日　遷御新造冷泉院
とあり、扶桑略記には、
七月十一日　主上自太政官朝所、遷幸大膳職
十九日丁卯　入御新造冷泉院
とある。三年前の永承三年十一月、内裏焼亡。以後、後冷泉天皇は土御門第（京極殿）を里内裏としていたが（百練抄等）、永承六年六月十六日に一旦太政官朝所に行幸され、同年七月十一日、大膳職に遷り、十九日、そこから新造成った冷泉院に入御されている。本集73番の詞書にも、
冷泉院に入らせたまふを、水の流れの立ち別れぬる、いとわりなくて
とあるから、中宮の一行もやはり最終的には大宮殿から冷泉院入りをされたらしく、ルートは違うが、おそらく両者の行動は同じような方違えだったのであろう。少なくとも日程的には同一であった可能性がきわめて高い。

二七

七日いつしかとまちつけてくるゝをこゝろもとなかる人〳〵みすのうちにおほかるにつとめてよりあらましくふきつるかせをいとさしもやと思ひつるにほとにくれゆくまゝにまことのゝわきになりて御となあふらもひかりのとかなへくもあらす山もとのまつにかよはむことのねもあまりきゝわかるへくもあら

すたゝひたみちにおそろしくのみなりてさふらひなといとさはかしくなりぬれはとのようたよみにて
のりなかつねひらなとやうの人〳〵まいらせさせたまひ殿上人かむたちめなとやう〳〵まいりあつまり
たまへるみなまかてゝたゝ大夫権の大夫をはしめたてまつりて宮つかさはかりとまりさふらひて山のか
たなりつるやもたふれてのゝしるおとなきをかしきことやあるへかりつるおほえし［　］やみぬるをせ
しとのなほ人〳〵のおもたまへらんことゝもゝすこしはかりきかんなとせめたまへはまつさらはいかゝ
ときこえしかはおぼ（シケ）（ミ）ゆることを

55 あまのかはあさくもあらはたなはたにこのおとたかきみつをかさはや

大納言の君

56 あきかせのすゝしき（ミ）今（ク）日はたなはたのかさねやすらんあまのはころも

山と

57 いか許なかきちきりをむすひけんそらにたえせぬたなはたのいと

しゝうの命婦

58 たまみたるうはゝのつゆはたなはたのたえせぬいとにぬきとめて見む

またれいのみないひとられたてまつりて物もおほえすそ（のみ）

59 そこきよきいつみの水にうつしては（そ）（ミ）ほしあひのそらもことに見えける

かせをうらみ給て　源少将

60 これやさはあきのはつかせたなはたの雲のころもゝふきたゝるまて

たふれしや人〳〵二三人となくなりにけりときくにあさましくて

61 あらきかせふくにつけてもいとゝしくつゆのいのちそかなしかりける

〔校異〕　55○53番「にはもせに」ノ歌以下、55番ノ詞書「宮つかさ」マデ脱（彰・類）○のゝしるおとなき―のゝしるおとなき（書）[如本]のゝしるをことなる（類）○おほえし「　」―底本「おほえし」ノアト一字虫損、「て」ト読メルカ　おほえし（書）[不見]おほえして（彰・類）○おもたまへらん―おもへたまへらん（彰）おもひたまへらん（類）○おぼゆることを―おほしたることを（類）○たなはたに―たなはたの（類）○みつをかさはや―みつをかさしや（彰・類）

56○今日は―たゝは（類）

57 58○底本、コノ間ニ一丁分切リ取ラレタ痕跡ガアル

59○見えける―みえけり（類）

60○ふきたゝるまて―ふきたるまて（彰）吹みたるまて（類）

61○二三人と―二三人も（書）二三人（類）○つゆのいのちそ―つゆのいのちか（彰）

〔整定本文〕　七日、いつしかと待ちつけて、暮るるを心もとながる人々御簾のうちに多かるに、つとめてより荒らましく吹きつる風を、いとさしもやと思ひつるほどに、暮れゆくままに、まことの野分になりて、御殿油も光のどかなべくもあらず、山もとの松に通はむ琴の音もあまり聞きわかるべくもあらず、ただひたみちに怖ろしくのみなりて、侍ひなどいと騒がしくなりぬれば、殿より、歌詠みにて、範永、経衡などやう

の人々まゐらせさせたまひ、殿上人、上達部など、やうやうまゐり集まりたまへる、皆まかでて、ただ、大夫、権の大夫をはじめたてまつりて、宮司ばかりとまりさぶらひて、山の方なりつる屋も倒れてののしる、音なき、をかしきことやあるべかりつるおぼえしてやみぬるを、宣旨殿、なほ、人々の思ひたまへらむことども、少しばかり聞かむ、など責めたまへば、まづ、さらばいかが、と聞こえしかば、おぼしけることを

55　天の川浅くもあらばたなばたにこの音高き水を貸さばや

大納言の君

56　秋風の涼しく今日はたなばたの重ねやすらむ天の羽衣

大和

57　いかばかり長き契りを結びけむ空に絶えせぬたなばたの糸

侍従の命婦

58　玉乱る上葉の露はたなばたの絶えせぬ糸に貫きとめて見む

また、例の皆言ひとられたてまつりて、物もおぼえずのみぞ

59　底清き泉の水に映してぞ星合ひの空もことに見えける

風を恨みたまひて、源少将

60　これやさは秋の初風たなばたの雲の衣も吹き断たるまで

倒れし屋、人々二三人と亡くなりにけりと聞くに、あさましくて

61　荒き風吹くにつけてもいとどしく露の命ぞ悲しかりける

〔現代語訳〕　七日の日、早く来ないかと待ち受けて、日が暮れるのを待ち遠しく思っていた人々が御簾の中には多かったが、早朝から荒々しく吹いていた風を、それほどたいしたことはないだろうと思っていたところ、

暮れてゆくにつれ、本当の台風になって、灯火のあかりものどかであるはずもなく、山の麓の松風の音もほとんど聞き分けることが出来ず、ただひたすら怖ろしくなるばかりで、侍所なども大層騒がしくなったので、殿より、歌人で、範永、経衡などというような人々を参上させてくださり、殿上人や、上達部なども、次第に参集してこられたが、そんな方々が皆退出して、ただ、大夫、権の大夫をはじめ、中宮職の職員ぐらいがとどまり仕えて、山の方にある建物も倒れて大騒ぎをする、評判にもならない、趣き深いことがあるはずであったという思いがして終わってしまったのを、宣旨殿が、「やはり、いま皆さんが思っていらっしゃるだろうことなども、少しぐらいは聞きたい」などとお責めになるので、まず、「そうでしたらあなたはどうですか」と申し上げたところ、お思いになっていらっしゃることを、

55 天の川がもし浅かったら、たなばたつめに、この音高く流れている評判の水を貸したいものですね。

大納言の君

56 秋風が涼しく、今日はたなばたが重ね着しているでしょうか、天の羽衣を。

大和

57 どれほど長い契りを結んだことでしょう。空に絶えることのないたなばたの糸は。

侍従の命婦

58 玉を乱しているような上葉の露は、たなばたの絶えることのない糸に貫きとめて見ましょう。

また、いつものように皆言われてしまって、すっかりもう何も思われないほどで

59 底の清らかなこの泉の水に映して、二星の相逢う今宵の空も、また格別に見えたことでした。

風を恨みなさって、源少将

60 これが、それでは秋の初風なんでしょうか。たなばたが身につける雲の衣も吹き断たれるまでに強く吹いて。

倒れた建物もあり、人々も二三人亡くなったと聞くにつけて、思いがけず驚いて

61 荒々しい風が吹くにつけても、一層、露のようにはかない命が悲しいことでした。

〔他出〕 ナシ

〔語釈〕 55 ○七日 「必ず御遊びありぬべき」と期待した「七月七日」を指す。○いつしかと いつか早く、という気持ちを表す語。まだかまだかと。○心もとながる人々 「心もとながる」は、待ち遠しく思う。じれったく思う。「人々」は、この場合「御簾のうちに」とあるので、女房たちを指すのであろう。○野分 秋のはじめに吹く激しい風。台風。なおこの「野分」については〔補説〕参照。○御殿油 貴族の邸などで用いられた、油でともす灯火。大殿油（おほとなぶら）とも。○のどかなべくもあらず 「のどかなるべくもあらず」の約。のどかであるはずもない。○松に通はむ琴の音 松風の音を妙なるものとして比喩的にいう。「野の宮に斎宮の庚申し侍りけるに、松風入夜琴といふ題をよみ侍りける 斎宮女御 琴の音に峰の松風かよふらしいづれのをよりしらべそめけん」（拾遺・雑上・四五一）○侍ひ 貴人の側に仕えている人、あるいはその詰所。ここは場所であろう。○殿 当時の関白である藤原頼通（九九二―一〇七四）。章子内親王にとっては母方の伯父にあたる。○範永 尾張守藤原中清男。生没年未詳。後拾遺集以下の勅撰歌人で、和歌六人党の一人。家集に「範永集」があり、その勘物によれば、永承六年当時は大膳大夫であったか。○経衡 中宮大進藤原公業男。一〇〇五―一〇七二。範永と同じく後拾遺集以下の勅撰歌人で、和歌六人党の一人。家集に「経衡集」がある。○大夫 以下は当然中宮職の役人を指すのであろう。「大夫（ダイブ）」は長官で、「権の大夫」は準長官ということになる。当時の中宮大夫は藤原道長の六男長家（一〇〇五―一〇六四）であるが、権大納言、民部卿で、永承元年（一〇四六）七月から没する康平七年（一〇六四）十一月まで、ずっと中宮大夫を兼ねていた。歌人で、いわゆる御子左家の祖。中宮の方違え先である「大宮殿」の当主でもある。○権の大夫 藤原経輔。51番参照。○宮司 中宮職の役人。○音なき…… 以下、意がとりにくい。書陵部本にも「如本」とある。「をかしきこと」を、一応、予定していた七日の行事のことと考えたが、語のかかり受け自体も理解しにくい。○宣旨殿 9番ならびに51番参照。○浅くもあらば 天の川が浅かったら水を貸したいということは、牽牛星が織女星のもとに通う際、舟を利用することを前提としているか。

56 **〇大納言の君**　52番参照。

57 **〇大和**　7番参照。**〇たなばたの糸**　七夕は、ふだんは天の川に隔てられている牽牛星と織女星とが一年に一度会うということから、七月七日の夜に二星を祭り、また機織りにも関係が深いということで、女性たちは技芸の上達を祈った。そのために「糸」などがともに詠まれることが多い。「たなばたに貸しつる糸の打ちはへて年のをながく恋ひやわたらむ」（古今・秋上・一八〇）

58 **〇侍従の命婦**　栄花物語・著るはわびしと歎く女房の巻に、後一条天皇崩御の後、一品宮章子内親王（後の中宮）と妹宮である斎院馨子内親王とが祖母上東門院彰子のもとに参上する場面があり、「一品宮の御供には、中宮の宣旨、……、斎院には、中納言の内侍のすけ、侍従の命婦、出羽弁など候ふ」と見える。当時出羽弁は中宮威子に仕えていたが、この「侍従の命婦」もやはり威子に仕えていた可能性がきわめて大きく、あるいは威子崩後、出羽弁と同じように章子に仕えるようになっていたか。ただし出自など、詳細についてはまったくわからない。**〇玉乱る**「乱る」は、四段活用連体形。他動詞。ばらばらにする、混乱させる。玉を散乱させているような。

59 **〇例の**　いつものように。54番歌の折も同じような状況であった。ここも当然歌の作者は出羽弁と考えていいだろう。

60 **〇源少将**　栄花物語・歌合の巻に登場する「源少将」は、注釈書類すべてが入道権中納言顕基男、源資綱とするが、田中恭子「江侍従伝新考」（国語と国文学　平成3年3月）は、状況から考え、「江侍従と同じ立場の女性であろう」とする。本場面でも、歌のやりとりをしているのは宣旨以下すべて女性なので、やはり女房名と見る方が穏当か。

61 **〇あさましくて**　形容詞「あさまし」は、意外なことに驚く意。驚きあきれて。61番歌は出羽弁の詠であろう。

〔補説〕　百練抄、永承六年七月七日の条に、きわめて簡潔に、

京都大風

という記述がある。泉や松のすばらしい大宮殿で、かねてより「御遊びありぬべきほど」と期待していた七月七日は、当日になって、

……つとめてより荒らましく吹きつる風を、いとさしもやと思ひつるほどに、暮れゆくままに、まことの野分になりて……

「山のかたなりつる屋」も倒れる騒ぎに、結局はすべてがご破算になってしまう。記録の上に限るが、これほどの「野分」が七夕の日に襲ったのは前後数十年の間では永承六年のみである。本集が永承六年の記録であることを最も端的に示す箇所といえよう。

なお〔校異〕の項でも述べたが、底本では57番と58番との間に明らかな切り取りの跡があり、問題となる。ただし内容的にはこのままでも十分に意味が通じるし、僅かに残る文字の切断部分は現存部分と重なるようでもあり、あるいは誤写などによる不都合な部分を意図的に破棄したものか。

二八

大納言とのまかてたまてよろつに水のなかれもつきもまつかせのひゝきもこひしきことゝのたまて

62 たちなみしおもかけことのこひしきにすみうかれぬるやとのみつ［かナ］

おほむかへし

63 こひしともいは（フ）たのますしらた（ナ）みのたちかへらはそまことゝは見む

〔校異〕 62○まかてたまて―まかてたまひて（彰・類）　○やとのみつ［かナ］―やとのみつかけ（彰・類）

63〇いはたのます―いかはたのます（彰・類）〇まこと、は見む―まこと、おもはむ（彰・類）

〔整定本文〕 大納言殿まかでたまひて、よろづに、水の流れも、月も、松風の響きも、恋しきこと、とのたまひて

62 立ち並みしおもかげごとの恋しきに住み浮かれぬる宿の水かな

御返し

63 恋しとも言ふは頼まず白波の立ちかへらばぞまこととは見む

〔現代語訳〕 大納言殿が退出なさって、「何もかも、水の流れも、月も、松風の響きも、恋しいこと」とおっしゃって

62 どれもこれも思い出となったひとつひとつの光景が恋しいので、何とも落ち着かなく感じられる水の流れであること。

ご返事申しあげた歌

63 恋しいなどというのは頼みになりません。白波が立ち返るように、もしお帰りになってくださったら本当だと思いましょう。

〔他出〕 ナシ

〔語釈〕 62**〇大納言殿** 52番歌、56番歌に見える「大納言の君」と同一人物か。ただし「大納言の君」は女性で、「大納言殿」は男性かとも考えられるが、本集では、「宮の近江殿」（5・20・21番）、「宮の宣旨殿」（9・51・55番）、「別当殿」（22番）など、女性と思われる人物にも「殿」が用いられている。またその発言の内容からも、これまで大宮殿に一緒にいた人物であることがわかる。**〇まかでたまひて** （大宮殿から）退出なさって。**〇水の流れも** 以下、「月」「松風の響き」など、いずれも忘れがたい大宮殿の情景。**〇住み浮かれぬる** 「住み浮かる」は、一定の場所に落ち着けず、あちこちさすらうこと。「高野山を住み浮かれてのち、伊勢国ふたみのうらの山でらに侍りけるに」（千載・神祇・一二七八詞書）

63 **〇白波の**　62番歌の「宿の水かな」を受け、「立ちかへらばぞ」を導く枕詞的用法。

〔補説〕　以下、73番における冷泉院入りまで、ずっと大宮殿での詠がつづく。ここはどういう事情があったのか不明だが、中宮のもとから退出した大納言殿との、大宮殿を偲ぶ贈答。

二九

山ともまかてたまてなほくちをしくこゝろうくてやみにしかせをうらみて

64　花ちらすをりならねともみにしみてうらめしかりし夜はのかせかな

かへしを

65　かたしきのをりにふくともか許にさらはみにしむかせはあらしや

〔校異〕　ナシ

〔整定本文〕　大和もまかでたまひて、なほ口惜しく、心憂くてやみにし風を恨みて

64　花散らす折ならねども身に沁みて恨めしかりし夜半の風かな

返しを

65　片敷きの折に吹くともかばかりにさらば身に沁む風はあらじや

〔現代語訳〕　大和も退出なさって、やはりまだ残念で、不愉快なままに終わってしまった風を恨んで

64　花を散らす時期ではなかったのですけれど、本当に身に沁みて恨めしかった、あの日の夜の風でしたね。

返事を

65　たとえ寂しい独り寝の折に吹いたとしても、そうだとしましたら、あれほど身に沁みる風はなかったのではな

いでしょうか。

〔他出〕 ナシ

〔語釈〕 64 **○大和** 7番歌参照。 **○花散らす折ならねども** 七月七日のことなので桜の時期ではない。65 **○片敷きの** 「片敷き」とは、衣の袖の片方だけを敷いて寝ること。寂しい独り寝をいう。「片敷きの衣の袖は氷りつついかで過ぐさむとくる春まで」（後拾遺・恋三・七二一）

〔補説〕 大納言殿の場合と同じように、退出した大和との贈答。七夕の夜の風を恨む。

三〇

かうおもしろくめてたかなるはなとか見せまほしきなといふましきとうらみて前さい院のつほねより

66 みにこともいふ人もやあるとたきのいとを心にかけてくらすころかな

かへし

67 さはかりに思ひよりてはたきのいとをなくることのかたくなるへき

〔校異〕 ナシ

〔整定本文〕 かうおもしろくめでたかなるは、などか、見せまほしき、など言(い)ふまじき、と恨(うら)みて、前斎(さい)院の局(つぼね)より

66 見(み)に来(こ)とも言(い)ふ人もやあると滝(たき)の糸(いと)を心にかけて暮(く)らすころかな

返(かへ)し

67 さばかりに思ひよりては滝(たき)の糸(いと)のなどくることの難(かた)くなるべき

〔現代語訳〕 「そんなに趣き深くすばらしいとかいうのは、どうして、見せたいものです、などと言ってくれないのでしょう」と恨んで、前斎院の局から

66 見に来てくださいと言ってくれる人ももしかしたらあるかもしれないと、すばらしい滝の白糸を心に思い浮かべながら、過ごす今日この頃です。

返し

67 それほどまでに心がひかれていては、どうして来ることがむずかしいでしょうか。どうぞお出かけください。

〔他出〕 ナシ

〔語釈〕 66 **○めでたかなるは** 「めでたかるなるは」の撥音便「めでたかんなるは」の「ん」無表記。「なる」は伝聞の助動詞。**○などか** 「言ふまじき」にかかる。**○前斎院の局より** 「前斎院」とは中宮章子の妹馨子内親王のこと考えられる（18番歌参照）。その「局より」とあるので、作者は馨子内親王に仕えている女房であろうが、具体的にはわからない。ただし「前斎院」側を代表する意向と考えてよいであろう。**○滝の糸** 急流を糸に見立てた語。「流れくるもみぢ葉見ればからにしき滝の糸もて織れるなりけり」（拾遺集・冬・二二一）「滝」は、一般的には激流、急流をいい、崖から落下するのは「垂水（たるみ）」という。もっとも中古の用例では必ずしも急流だけには限らないようなので、ここもいわゆる滝であったかもしれない。大宮殿における庭園の景。

67 **○思ひよりては** 「思ひ寄りては」に「縒りては」を掛ける。**○などくることの** 「くる」は、「繰る」と「来る」の掛詞で、「滝の糸の」は、この場合「くる」の枕詞的用法。なお「縒り」「繰る」は「糸」の縁語でもある。

〔補説〕 中宮が方違えのために出かけた大宮殿の庭園のすばらしさを伝え聞いた、前斎院側とのやりとり。いかにも親密な両者の関係が想像される。

68

三一

これはまことにいひつくすへくもあらぬとの、ありさまのをかしさに思ひあつめしひとりこと四日によみあつめられたりしまつのたいをあるしとの、御かたよりこ、ろのうち思ひやられて

としへぬるちきりは今日やしらるらんか、るみゆきをまつのみとりは

〔校異〕 68○まつのみとりは―まつのみとりへ（彰）まつのみとりに（類）

〔整定本文〕 これは、まことに言ひ尽くすべくもあらぬ殿のありさまのをかしさに、思ひ集めし独り言、四日に詠み集められたりし松の題を、あるじ殿の御心のうち思ひやられて

68 年経ぬる契りは今日や知らるらむかかる御幸をまつの緑は

〔現代語訳〕 以下は、とても言い尽くすことができそうもない大宮殿のありさまが趣き深くて、思い集めた独り言、四日に詠み集められた松の題を、このお宅のご主人の心中が思いやられて

68 何年も年を経た、永い、前世からの約束というものは、今日、知られたことでしょうか。こうした中宮様のお出でを待つ、松の緑は。

〔他出〕 ナシ

〔語釈〕 68**○これは** 以下、73番までの独詠歌群を指すか。〔補説〕参照。**○殿のありさま** 大宮殿の様子。**○四日** 不審。〔補説〕参照。**○松の題** 51番の詞書に見え、宣旨殿以下が歌を詠んだ「庭の松いくらの年をか契れる」という題を指すのであろう。**○あるじ殿** 大宮殿の当主長家。**○今日や知らるらむ** 「や」は疑問の係り助詞で、「る」は自発、「らむ」は現在推量の助動詞。厳密に直訳すると、今日、自然と知っていることだろうか。**○かかる御幸を** 「御幸」は、方違えのために大宮殿を訪れた中宮の行啓を指す。**○まつの緑は** 「まつ」に、「待つ」と

「松」とを掛ける。また「松の緑」は「あるじ殿の御心のうち」を指すのであろう。あなた様は、という気持ち。

【補説】「これは」以下、「思ひ集めし独り言」までは、おそらく68番歌だけではなく、68番歌から73番歌までの、この集には珍しい独詠歌群全体にかかる詞書なのであろう。「独り言」とは、すなわち独詠歌の意と思われる。従って68番歌だけにかかる詞書は「四日に」以下となるが、その「四日」がよくわからない。歌の内容からして「詠み集められたりし松の題」というのは当然51番歌に見える「庭の松いくらの年をか契れる」を指すかと思われるが、それは大宮殿に方違えのために移った当日、「六月十余日」に詠まれたものであって、「四日」ではない。「四日」というのはどこにも出て来ない。

三二

69

みすのまへちかき松のとしふりいみしきかけにつきのあかきにおりてこすゑをみあけたる心ちあいなうたのもく(シク)して

おもひつるこゝろにいまそかなひぬるこたかきまつのかけにかくれて

【校異】69〇「おもひつる」ノ歌ハ、底本ヲハジメ、諸本スベテ詞書ノ中ニツヅケテ書カレテオリ、歌デハナク、詞書ノ中ニ埋没シタ形ニナッテイル

【整定本文】御簾の前近き松の、年古りいみじき蔭に、月の明かきに下りて、梢を見上げたる心地、あいなう頼もしくて

69 思ひつる心に今ぞかなひぬる木高き松の蔭にかくれて

【現代語訳】御簾の前に近い松の、年代を経てすばらしい枝ぶりのもとに、月の明るい折に下りて、梢を見上げた心地は、わけもなく頼もしい感じがして

69 念願だった思いに、今こそ到達したことでした。木高い松の蔭にかくれて。

〔他出〕 ナシ

〔語釈〕 69**○御簾** 貴人が用いる簾。ここは中宮の居室にかかっている簾を指すのであろう。**○あいなう** 気にくわない、不本意だ、の意の形容詞「あいなし」の連用形ウ音便。ここは副詞的な用法で、わけもなく、むやみに、むしょうに。

〔補説〕 大宮殿にある年を経た大きな松、その頼もしげな「木高き松の蔭」に、中宮の恵みの蔭、恩寵を暗示しているか。

三三

いつみのいみしうすゝしきにてをひたしなとして
えにふかきいつみの水はありなからむすはぬ夏のいかてすきけむ

〔校異〕 ナシ

〔整定本文〕 泉のいみじう涼しきに、手をひたしなどして
70 えに深き泉の水はありながらむすばぬ夏のいかで過ぎけむ

〔現代語訳〕 泉の大層涼しいのに、手をひたしなどして
70 縁の深い泉の水はありながら、その縁も結ばず、冷たい水を掬いもしない夏が、どうして過ぎてしまったのであろうか。

〔他出〕 新続古今集・雑上（一六八五）
としふりたる松のかげにゐて、泉の水の涼しきをむすびて　出羽弁

　えにふかき泉の水はありながらむすばぬ夏のいかで過ぎけん

〔語釈〕70○**えに深き**　縁の深い。「縁（えに）」に「江」を掛ける。「江」は「泉」の縁語。「たちかへりくるしき海におく網もふかきえにこそ心ひくらめ」（新古今・釈教・一九四〇）○**むすばぬ夏の**　「むすばぬ」は、「結ばぬ」と水を掬う意の「掬ばぬ」との掛詞。

〔補説〕旧暦では四・五・六月が夏。七月はすでに秋である。せっかく「いみじう涼しき」泉があったのに、満足に手をひたしもせずに夏を過ごしてしまった、その無念さ。

三四

　こゝろのうちもふきはらはれて思ふことなきこゝちすれは

いけるよをこのやとにたにすくしては物思ふことはなかくたえなん

〔校異〕71○ふきはらはれて―ふきはらされて（書）ふきはしくれて（彰）

〔整定本文〕心のうちも吹き払はれて思ふことなき心地すれば

71　生ける世をこの宿にだに過ぐしては物思ふことは長く絶えなむ

〔現代語訳〕心の中も吹き払われて、もの思いのなくなった感じがするので

71　生きている間を、ずっとこの宿にだけでも過ごしていたら、もの思いをすることは長く絶えてしまうことでしょう。

〔他出〕ナシ

〔語釈〕71○**この宿にだに**　せめてこの宿にだけでも。「この宿」は、庭のすばらしい大宮殿を指す。○**長く絶えなむ**　「なむ」は、完了の助動詞「ぬ」の未然形に、推量の助動詞「む」の終止形。長く絶えてしまうだろう。

〔補説〕七夕の夜の「野分」によって吹き払われたのは、「山もとの松」や「山の方なりつる屋」だけではなく、「心のうちも」という。「思ふこと」がすっきりとなくなった。大宮殿における生活環境のすばらしさを讃える。

三五

うちかへしてあちきなければ

あつきなきやとにきにけりこのよにはとめしとのみ思ふ心を

〔校異〕ナシ

〔整定本文〕うち返して、あいなければ

72 あぢきなき宿に来にけりこの世にはとどめじとのみ思ふ心を

〔現代語訳〕逆に、不本意に思われたので

72 どうしようもない宿に来てしまったことだ。この世にはとどめておくまいと思っている心なのに。

〔他出〕ナシ

〔語釈〕72 **○うち返して** 繰り返し、何度も、の意に用いられる場合もあるが、ここは、前とは変わって、逆に、の意であろう。「雪をこそ花とはみしかうちかへし花も雪かと見ゆる春哉」（赤染衛門集I・一三一）**○あいなければ** 気にくわないので。意に満たないので。**○あぢきなき** どうしようもない。無益だ。つまらない。おもしろくない。

〔補説〕71番歌とはまったく逆の発想であり、表現だが、結局は同じように大宮殿のすばらしさを言っているのであろう。

三六

73
れいせ院にいらせたまふを水のなかれのたちわかれぬるいとわりなくて
ゆく水のなかれあふせはたえすともこひしかるへきかすをこそかけ

〔校異〕 73〇れいせ院に―れいせいいむに（類）

〔整定本文〕 73 冷泉院に入らせたまふを、水の流れの立ち別れぬる、いとわりなくて
行く水の流れ逢ふ瀬は絶えずとも恋しかるべき数をこそ書け

〔現代語訳〕 中宮さまが冷泉院にお入りになるので、水の流れが立ち別れるように、このすばらしい水の流れに別れてしまう、そのことが何ともしようがなくて

73 行く水が流れ流れてめぐり逢う機会は絶えることがなくても、この大宮殿を恋しく思う気持ちはどれほど強いか、水に書くことははかないことと知りつつ、やはりその強さを数えてしまうことです。

〔他出〕 ナシ

〔語釈〕 73**〇冷泉院**　拾芥抄に「冷泉院、大炊御門南・堀川西、嵯峨天皇御宇、此院累代後院、弘仁亭本名冷然院云々、而依火災、改然字為泉、天暦御記、然者改冷然為冷泉也」とある。永承六年七月十九日、後冷泉天皇は大膳職から冷泉院に遷られており、中宮も同じころ冷泉院入りをされたのだろうと考えられる。51番歌〔補説〕参照。
〇いとわりなくて　「わりなし」は、筋がとおらない、わけがわからない、どうにもならない。**〇流れ逢ふ瀬**　流れ着いて行き逢う瀬。歌語。一般に水関係の語とともに用いられ、男女のめぐり逢う機会をいう。「よそにても哀とだにもおもひ川流れ逢ふ瀬はさこそなくとも」（久安百首・一二七二）「涙のみ流れ逢ふ瀬はいつとてもうきにうきそふ名をやながさん」（夜の寝覚・巻三）

〔補説〕「行く水の……数をこそ書け」という表現は、古今集・恋一（五二二）の、

行く水に数書くよりもはかなきは思はぬ人を思ふなりけり

を踏まえているのであろう。はかない行為と知りつつも、つい「恋しかるべき数」を書いてしまう。51番歌以降つづいてきた、大宮殿における、大宮殿讃美の、最後の詠である。

三七

かやうのことゝもゝおなしこゝろに心ゆきていひあはせなとしたまふ宮のすけ七日のことすくしてとおもひつるもかくすさましくなりぬれはいつしかとくにへくたりなんとて夜うさりなん京はいてぬへきまたはえたちかへりまいらしなとまかりまうしゝたまふさていつかのほりたまはんするときこゆれはとしかへりて二三月はかりにやとおもひはへるとあるをきゝていてたまひ［にし］にたてまつれし

かへるかりまたきくまてとおもふかなつねはをしまぬいのちなれとも

〔校異〕 74○心ゆきて―こそゆきて（類）○京はいてぬへき―きやうけいてぬへき（彰）○えたちかへりまいらし―えたちかへるまいらし（彰）○いてたまひ［にし］に―いひたまひぬるに（類）○たてまつれし―たてまつれりし（彰・類）

〔整定本文〕 かやうのことどもも、同じ心に心ゆきて言ひ合はせなどしたまふ宮亮、七日のこと過ぐしてと思ひつるも、かくすさまじくなりぬれば、いつしかと国へ下りなむとて、夜うさりなむ京は出でぬべき、またはえ立ち帰りまゐらじ、などまかり申ししたまふ、さていつか上りたまはむずる、と聞こゆれば、年返りて二三月ばかりにや、と思ひはべる、とあるを聞きて、出でたまひぬるにたてまつれし

74 帰(かへ)る雁(かり)また聞(き)くまでと思(おも)ふかな常(つね)は惜(を)しまぬ命(いのち)なれども

〔現代語訳〕 こうしたことなども、まったく同じ思いで気持ちよく心を通わせながら話をなさる宮亮が、「七日に予定していたことを済ませて、と思っていたのも、このように期待はずれな結果になってしまったので、早く国へ出かけてしまおうと思います」といって、「今晩、京は出発することになるでしょう。それまでにもう一度戻ってお目通りすることはないと思います」などと暇乞いの挨拶をなさる。「それで今度はいつ上京なさろうとするのですか」と申しあげたところ、「年が改まって二月か三月ごろかしら、と思われます」というのを聞いて、ご出立の折に差し上げた歌

74 帰る雁の声を再び聞くまでは、生きていたい、と思うことです。いつもは惜しいとも思っていない命ですけれども。

〔他出〕 ナシ

〔語釈〕 74 **○かやうのことども** 大宮殿で起こった出来事や、そこでさまざまに感じたことなど。**○心ゆきて** 満足して。心が晴れ晴れとして。**○宮亮** 藤原兼房。51番「正のすけ」の項参照。**○すさまじくなりぬれば** 形容詞「すさまじ」は、不調和なもの、時期はずれなもの、期待を裏切るものなどに感ずる、不快な気分をいう。興ざめだ、情趣がない、つまらない。**○いつしかと** (すでに起こったことについて) いつの間にか。早くも。(これから起こることについては、待ち望む意で) いつか、早く。**○国へ** この「国」が美作であるらしいことは、後の89番歌によって知られる。**○夜うさりなむ** 「夜うさり」は、夜になること。晩。夕方。**○またはえ立ち帰りまゐらじ** もう帰参することはないでしょう。ただしここでは、前後の状況から二度と戻らないという意ではなくて、このまま出発します、の意であろう。**○まかり申し** 暇乞い。辞去や赴任の際などの挨拶。**○たてまつれし** 「たてまつれ」は下二段活用。「奉り入れ」の約かとも、四段に活用する「奉る」の使役形かともいう。用例としては、「たてまつれ」の形しか見られず、連体、已然、命令形はない。**○帰る雁** 渡り鳥である雁は、秋来て、春、北へ帰る。「帰

雁をよめる　春霞たつを見すててゆく雁は花なき里にすみやならへる」（古今・春上・三一）。その「帰る雁」を「また聞くまで」というのは、いわば「年返りて二三月ばかり」までに該当する。

〔補説〕宮亮兼房とは、かなり親しい、気の合った仲であったらしいことがわかる。中宮章子の母、後一条院中宮威子が亡くなった折、当時威子づきの女房であった出羽弁は周囲が心配するほどの嘆き方で、「出羽弁は死ぬべし」と人々が「いとほし」がったと栄花物語（著るはわびしと歎く女房）では伝えているが、その折、兼房とも次のような贈答を交わしている。

　後一条院中宮かくれさせ給ひにけるころ、かぎりなくかなしき宮のうちのありさま、七条后うせ給ひて、あれのみまさるといひけんも思ひいでられて、中宮亮兼房朝臣に申しつかはしける

出羽弁

めのまへにかくあれはつる伊勢の海をよそのなぎさと思ひけるかな

　返し　藤原兼房朝臣

いにしへのあまのすみけんいせのうみもかかるなぎさはあらじとぞ思ふ　（玉葉・雑四　二三六四・二三六五）

そうした仲の兼房が、楽しみにしていた七夕の行事が野分のためにつぶれ、残念な気持ちを抱きながら中宮のもとを去って地方に出かけていく。かねてからの予定だったらしいのだが、「さていつか上りたまはむずる」と聞かれて、「年返りて二三月ばかりにや」と答えている。七・八か月間の予定ということになろうか。永承六年当時、兼房は五十一歳。出羽弁もかなりの年齢になっていて、来年の春まで寿命が持つかというような、心細いことを言っている。なお、兼房の行き先が美作であったらしいことについて、くわしくは89番歌の〔補説〕参照。

三八

75 そのころをかしこうりともの御前にあるをおろしてうしまろ大夫の御もとにかくかきつけてたてまつりし

こひしくもなりにけるかなうりふ山きりまをわけてたちもいてなん

大夫の御かへし

76 みすのうちにいらぬわかみをうらみつゝうりふ山にもいてぬなるへし

またおほむつかひのあれは

77 たまたれのみすのうちなるひかりをもちゝの秋にはまたゝれかみむ

〔校異〕 75〇をかしこうりともの―おかしきこうりともの（類）

〔整定本文〕 そのころ、をかしき小瓜どもの御前にあるをおろして、うしまろ大夫の御もとに、かく書きつけてたてまつりし

75 恋しくもなりにけるかな瓜生山霧間を分けて立ちも出でなむ

大夫の御返し

76 御簾のうちに入らぬわが身を恨みつゝ瓜生山にも出でぬなるべし

また御使ひのあれば

77 玉垂の御簾のうちなる光をも千々の秋にはまた誰か見む

〔現代語訳〕 そのころ、かわいらしい小瓜どもが中宮様のお前にあったのをお下げして、うしまろ大夫の御もとに、

このように書きつけて差し上げた

75 あなたが恋しくなったことです。瓜生山の霧間を分けて、こちらにお出でになってほしいものです。

大夫のご返事

76 あなた方と一緒に、御簾のうちに入らないわが身を恨みながら、霧間を分けてどころか、おそらくどこにも出かけないことでしょう。

また中宮様から大夫へお使いがあったので

77 「御簾のうち」とありましたが、その御簾のうちの光である中宮様を、これから多くの秋、一体誰が仰ぎ見ることでしょうか。あなた以外にないではありませんか。

〔他出〕 ナシ

〔語釈〕 75 **○をかしき** 底本をはじめ諸本「をかし」とあり、類従本のみ「おかしき」とある。類従本が手を加えている可能性も大きいが、文章としてはやはり連体形でなければ意味をなさないので、一応類従本に従った。**○うしまろ大夫** 未詳。**○瓜生山** 歌枕。今の京都市左京区北白川の東北にある山。「霧もたつもみぢも散ればうりふ山越えまどひぬるけふにもあるかな」（恵慶集・九）のように「霧」や「もみぢ」とともに詠まれることが多く、また、催馬楽の「山城の　こまのわたりの　瓜つくり　……　いかにせむ　なりやしなまし　……　瓜たつまでに」を踏まえて、「こま」「なる」「たつ」などともしばしば詠まれる。「夕ぐれにちゐさき瓜を斎院より給はせたるにかきつけてまいらす　夕霧はたつをみましやうりふ山こまほしかりしわたりならでは」（和泉式部集Ⅰ・五八〇）**○立ちも出でなむ**「出で」は未然形とも連用形ともとれるが、ここはおそらく未然形で、「なむ」はあつらえ望む意の終助詞であろう。

76 **○出でぬなるべし**「ぬ」は打消の助動詞「ず」の連体形、「なる」は断定の助動詞「なり」の連体形、「べし」は推量の助動詞、終止形。出ないのであろう。

77 **〇玉垂の**　枕詞。「小簾（をす）」「御簾（みす）」などにかかるのが基本と考えられるが、その他さまざまな用例があり、かかり方についてはなお疑問が多い。

【補説】「そのころ」というのは、当然ながら中宮が大宮殿から冷泉院に移られた直後のことであろう。秋、瓜を題材にしたやりとりである。「うしまろ大夫」なる人物もよくわからないが、そのやりとりもまた、今ひとつわかりにくい。たまにはおいでくださいという誘いかけに対し、一方は消極的な返事をする、それに対して中宮讃美の気持ちを籠めながら、さらに誘うといった構図なのであろうか。もしかすると「うしまろ大夫」は「瓜生山」近辺にでも住んでいたのであろうか。そう考えると少しはわかりやすくなるであろうか。

三九

京こくとのにうちのわたらせたましにこの宮つかさともみなよろこひしたましにたか、たはふくにてそのよえせすなりにしをそのほとすくしてはすへきにおもひたるかすこし月日のすきたるをさとよりふみおこせたるついてにみをなけきたるけしきにてふみをかきておこせたるまめことのついてにかきてやりし

78 きみをのみおもひしるらんうきことをしのふにか、るあしはらのよを

かへし

79 しのふれとうきことしけきあしはらにふかきうらみのいか、なからん

【校異】 78〇たか、たは―たかまさは（類）〇そのよえせす―そのまえせす（彰）そのよみせす（類）〇そのほとすくしては―そのほとすくして（類）〇みをなけきたる―身をなきたる（彰・類）

〔整定本文〕 京極殿に内裏の渡らせたまひしに、この宮司ども、皆よろこび騒ぎしたまひしに、隆方は服にて、
その夜えせずなりにしを、そのほど過ぐしてはすべきに思ひたるか、少し月日の過ぎたるを、里より文お
こせたるついでに、身を嘆きたるけしきにて文を書きておこせたる、まめごとのついでに書きてやりし

78 君をのみ思ひ知るらむ憂きことを忍ぶにかかる葦原の世を

返し

79 忍ぶれど憂きこと繁き葦原に深き恨みのいかがなからむ

〔現代語訳〕 京極殿に帝がお出でになられた折、この中宮職の人々は、皆よろこび騒いでお迎えの行事をなさった
が、隆方はちょうど服喪中で、その夜参加できずに終わってしまったのを、その時期を過ごしてからはや
はり参加すべきだったと思ったのか、少し月日が経ったころ、里から手紙をよこした際に、わが身を嘆い
ている様子で書いてよこしたので、用件を述べるついでに書いてやった歌

78 あなたのことばかり思って、皆知っていることでしょう。つらいことを堪え忍ぶにつけても、こうした現実の
世の中を。

返し

79 忍んではいるけれど、つらいことの多いこの現実世界に、深い恨みがどうしてないことでしょうか、やはりた
くさんありますよ。

〔他出〕 ナシ

〔語釈〕 78 **○京極殿** かつて道長の邸宅であった土御門殿のこと。土御門大路（上東門大路）の南、近衛大路の北、
東京極大路の西に位置していたことから、京極殿、土御門殿、あるいは上東門院などと呼ばれ、長く、道長女彰子
の御所として、またしばしば、後一条・後朱雀・後冷泉天皇等の里内裏として用いられた。〔補説〕参照。**○内裏**
後冷泉天皇。**○この宮司ども** 「この」とあるので、当然中宮職の職員達を指すのであろう。**○隆方は服にて**

「服」は、喪服。あるいは喪に服すること、またその期間。3番の詞書に「周防前司隆方、去年の師走に親におくれて」とあった。「喪葬令」によると、父母の死の場合、服喪期間は一年間。**○えせずなりにしを**　することができずに終わってしまったのを。「え…ず」は、…ができない。**○まめごと**　「あだごと」「たはぶれごと」に対して、実用生活に即したこと。実事。**○君をのみ思ひ知るらむ**　「思ひ知るらむ」の主語は「宮司ども」であろうか。現在推量の助動詞「らむ」が用いられている。**○葦原の世を**　「葦原」は、葦のたくさん生えている原。神話では「葦原の中つ国」といって、天上の高天原（たかまがはら）や、地下の黄泉（よみ）の国に対して、現実の地上の世界、すなわちわれわれの住んでいるこの国、日本をいう。「葦原の世」とは、ここでは現実の世界、現世を意味するか。

〔補説〕　栄花物語・根合巻に、

　女院の御前には、世の中をおぼしめし嘆きわびさせたまひて、巌の中求めさせたまひて、白河殿に渡らせたまひぬ。京極殿をば一品宮に奉らせたまひつ。

と見える。女院の御前（彰子）は長元九年（一〇三六）に後一条天皇を、寛徳二年（一〇四五）には後朱雀天皇をと、つづけて所生の天皇を喪い、「世の中をおぼしめし嘆きわびさせたまひて」京極殿を一品宮に譲り、白河殿に隠遁なさった。一品宮とは章子内親王のことである。翌永承元年（一〇四六）、章子内親王立后。同じ根合巻に、

　七月ついたち、京極殿に渡らせたまひて、十日立たせたまふ。

とある。その後、基本的には中宮章子は京極殿を居所としていたと考えられ、後冷泉天皇も永承三年の内裏焼亡後は里内裏として京極殿を利用していたらしいのだが、右の文章によると、天皇はどこからか京極殿に渡御されたことになっており、必ずしも常時そこに住まわれていたわけでもないらしい。ともかく宮司どもが「よろこび騒ぎ」をしているのに対し、参加できなかった服喪中の隆方は身の不運を嘆いている。「葦原の世」という表現がやや唐突でわかりにくいが、おそらく同じ仲間に入れなかった隆方に対する慰めの歌と、その返歌とであろう。

四〇

あはれとおもひし人のなこりのこゝろはへのかたみはかりもなうほいなきをうらみなとするにいにしへのものかたりなとしてかへりにしにやりし

80 わすられぬむかしかたりのなこりにはうらみもはてゝあはれなるかな

〔校異〕 80 ○かたみはかりもなう―うた身はかりもなう（彰）かたみ斗もなそ（類） ○いにしへの―いうくの[如本]（書）

〔整定本文〕 あはれと思ひし人の、名残りの心ばへの形見ばかりもなう本意なきを、恨みなどするに、いにしへの物語などして帰りにしに、やりし

80 忘られぬ昔語りの名残りには恨みも果てであはれなるかな

〔現代語訳〕 かつて心惹かれた人が、私に対する名残り惜しい気持ちが思い出のかけらほどもなく不本意なのを、恨んだりしたところ、昔話などをして帰って行ったので、送って遣った歌

80 忘れることの出来ない昔の思い出話の名残りには、恨みとおす気持ちにもなれずに、しみじみと思ったことでした。

〔他出〕 ナシ

〔語釈〕 80 **○あはれと思ひし人** かつてしみじみと心が惹かれ、思った人。**○名残りの心ばへ** あとあとまで残っている思い。別れたあとまで忘れられない思い。出羽弁に対する思いをいうのであろう。**○形見ばかりもなう** 思い出のよすがとなるほどのものもなく。**○恨みなどするに** 主語は出羽弁。

〔補説〕 文のかかり受けが定かでない。「あはれと思ひし人の」を主格ととり、「恨みなどするに」を述語とする解

もあり得るか。ただしその場合は歌の内容、特に「恨みも果てで」の解が一層むずかしくなるように思われる。

また、「あはれと思ひし人」もよくわからない。一般には「まだいと下臈にはべりし時、あはれと思ふ人はべりき」（源氏・帚木）などのように男女関係で用いられることが多く、恋人などを意味するかと思われるが、ここもそうした関係であろうか。しかし出羽弁が里から中宮のもとに戻った21番歌以降、個人的なことについてはあまり話題にされていないので、奇異な感じは免れない。

四一

もろもとのせうさうわつらふことありてひさしうまいらてありけるもたゝおのつからさはることありてこそはなとおもひてあるにかゝるにとはぬことなといみしうゝらみますときこえよとゝもよりかいひしかはこゝにもさやうなることのみおほかるをかうこそきこゆへかりけれとて

81 とはすとてきみやうらむるわれもまたあはれいかなるとをおもへは

かへし　少将

82 われはかりものおもふ人はなきものをなほさりことそきみかうらみは

〔校異〕 81○たゝおのつから—たゝおの（彰）たゝ世の（類）　○さはることありて—さへることありて（類）

〔整定本文〕 師基の少将わづらふことありて、久しうまゐらでありけるも、ただおのづから障ることありてこそは、など思ひてあるに、かかるに訪はぬことなど、いみじうなむ恨み申す、と聞こえよ、ともよりが言ひしかば、ここにもさやうなることのみ多かるを、かうこそ聞こゆべかりけれとて

81 訪はずとて君や恨むるわれもまたあはれいかなることを思へば

返し、少将

82 わればかりもの思ふ人はなきものをなほざりごとぞ君が恨みは

〔現代語訳〕

81 訪れないからといって、あなたは私を恨むのですか。私もまた、まあ、どんなことを思うので……。

師基の少将が患うことがあって、久しく中宮の前に参上しないでいたのも、ただ単に自然と都合の悪いことが起こったから、ぐらいに思っていたところ、「こんな具合なのに訪ねてもくれないこと、などと、ひどくお恨み申しています、と申しあげてください」ともよりが言ったので、こちらにもそんなことばかり多いので、このように申しあげるべきであった、というわけで

返し、少将

82 私ほどもの思いをする人間はいませんのに。いいかげんなものですよ。あなたの恨みなんて。

〔他出〕 ナシ

〔語釈〕 81 **〇師基の少将** 藤原師基。前述の中宮権大夫経輔（51番参照）の子で、斎院長官長房（24番参照）の弟。永承四年（一〇四九）十一月の内裏歌合には「右兵衛佐師基」、翌々年、すなわち本集の該当年である永承六年の五月に行われた内裏歌合には「左近衛少将師基」として見える。当時、少将であったことは確実である。〔補説〕参照。**〇かかるに** こういう状態なのに。「わづらふことありて」を受けているのであろう。病気でいるのに、の意。**〇ともより** 人名。どういう人物か、未詳。**〇さやうなることのみ** 具体的に何を指すのかよくわからない。師基の病気を知らなかったように、こちらもまた相手に知られないことが多かった、ということか。**〇われもまた** 意味的にここで切れると考えるか、「思へば」にかかると考えるか。また「思へば」はそれを受ける文節が見当たらず、疑問が多い。

82 **〇なほざりごと** あまり深い意味を持たない、いいかげんな言葉、あるいは行為。冗談。ふざけ。

〔補説〕 わかりにくい贈答である。師基の少将が病気になり、それを知らずにいて見舞いにも行かなかったところ、

師基から恨まれた、という話だろうが、ともよりなる人物がかかわっていて、それがどういう役割りを果たしているのか、今ひとつわかりにくい。また、出羽弁の贈歌は、上二句と下三句との関係が不明確で、これも理解しにくい。師基の返歌に「君が恨みは」とあるから、出羽弁の側にも何らかの恨みを述べている箇所があるのだろうとは、一応考えられるが。

なお師基は、尊卑分脈には「承保四二十卒四十七」とあり、弁官補任・康平六年の項には「右中弁　藤師基三十二二月廿七日任　皇后宮権亮如故」とある。前者に従えば長元四年（一〇三一）の生まれ、後者に従えば長元五年の生まれということになり、永承六年当時はまだ二十歳か二十一歳の若さだったことになる。前述の永承四年内裏歌合ではすでに左方の清書役をしているし（栄花・根合）、いわば才人だったのであろう。時期的には少し後になるが、四条宮下野集にも何度か登場している。

四二

このおほ宮との丶ほとのことかきあつめられたりけるをさいものないしのつたへてさかみのきみにみせたまへりけれはれいのみしこちたきことはともになんめつるいか許なることはともをあつめられたまふ物とかおほすふみにもかきつ丶けてたてまつれとありしかとすたれのうへにさしおきてうしなひてやみにきとかたりたまひしかはた丶あれよりあるをとおもひてかきしふみのついてにかたはらいたきこと丶ものもりにけることないしのうしろめたうものしたまふなとかきて

83 したもみちあさきこ丶ろにまかせつ丶ちることのはをいかに見るらん

かへしよのつねならぬすかしことはおほくてふたつ

84 みる人もこゝろにそしむもみちはのちるたひことにいろのまされは

85 ふくかせにつけてちれともつきせぬはこたかきみねのもみちなりけり

とありしかへしにまた

86 宮まきはこたかけれともことのは、たにのそこにそおちつもりける

またあれより

87 いろふかきかけあらはる、ことのはに山したみつもにしきをそしく

とあれはまけしとてけにくらかに

88 を山たのうちにまかせていふことをまこと、思ふすき物もなし

〔校異〕83○さかみのきみに―さかみ君に（彰・類）

86○とありしかへしに―とありし返事に（類）

88○けにくらかに―けくかに（類）

〔整定本文〕この大宮殿のほどのことども書き集められたりけるを、左衛門内侍の伝へて、相模の君に見せたまへりければ、例のいみじきこちたき言葉どもになむめづる、いかばかりなることどもを褒められたまふものとかおぼす、文にも書きつづけて、たてまつれ、とありしかど、簾の上にさし置きて失ひてやみにき、と語りたまひしかば、ただあれよりあるをと思ひて、書きし文のついでに、かたはらいたきことどもの洩りにけること、内侍のうしろめたうものしたまふ、など書きて

83 下もみぢ浅き心にまかせつつ散る言の葉をいかに見るらむ

84 返し、世の常ならぬすかし言葉多くて、二つ
見る人も心にぞ沁むもみぢ葉の散るたびごとに色の増されば

85 吹く風につけて散れども尽きせぬは木高き峰のもみぢなりけり

とありし返しに、また

86 深山木は木高けれども言の葉は谷の底にぞ落ち積もりける

また、あれより

87 色深き影あらはるる言の葉に山下水も錦をぞ敷く

とあれば、負けじとて、け憎らかに

88 小山田のうちにまかせて言ふことをまことと思ふすき者もなし

〔現代語訳〕 先日の大宮殿におけるいろいろな出来事について書き集められたものを、左衛門内侍が伝えて、相模の君にお見せになったところ、「いつものようにひどくおおげさな言葉で褒めていましたよ。どれほどいろいろなことを褒められていらっしゃるとお思いですか。手紙にも書きつづけて、これを差し上げてください、とのことでしたが、簾の上に置いたままなくしてしまいました」と相模の君が話されたので、ただ向こうからそう言ってきたのであって……と思って、手紙を書いた際に、「みっともないことがいろいろ洩れてしまったことですね、内侍が気がかりに思っていらっしゃいますよ」などと書いて

83 下葉が紅葉するように、ひっそりと、浅はかな心で書き散らした私の言の葉を、あなたはどのようにご覧になっているのでしょう。

返し、とても普通ではないおだて言葉が並べられていて、歌が二首

84 それはもう見る人も心に沁み入ることですよ。もみじ葉が散るたびごとに色が増さるように、あなたの書かれたものもますますすばらしくなっていますので。

85 風が吹いて散りはするけれども、尽きることのないのは、木高い、峰のもみじだったのでした。あなたの作品には尽きることのないおもしろさがありますね。

と言ってよこした返事に、また

86 確かに、深山木は木高いですけれども、その落ち葉は谷底に積もっているのです。私の言の葉も同じ、谷底に埋もれているようなものですよ。

また向こうから

87 色の濃い、はっきりとした葉で、山の麓を流れる水もまるで錦を敷いたよう。谷底に積もっているとおっしゃるけれど、あなたの言の葉は本当にすばらしいものです。

とあったので、負けまいと思って、いかにもそっけなく

88 私がとおりいっぺんに言っていることを、まさか本当だと思っている物好きなんていませんよ。

〔他出〕 ナシ

〔語釈〕 83 **〇この大宮殿のほどのことども** 方違えで渡御された51番以下の大宮殿においての出来事。**〇左衛門内侍** 12番歌参照。**〇相模の君** 当代屈指の女流歌人。はじめ「乙侍従」の名で皇太后宮妍子に仕えたと推定されているが、やがて大江公資と結婚し、公資が相模守となって任地に赴いた際にはともに相模に下向している。後に一品宮脩子内親王に仕えた折の女房名「相模」はそれに由来しよう。ただし脩子内親王は永承四年に薨じているので、永承六年当時はどういう身分であったかは定かでない。すでに六十歳前後にはなっていたであろうと推定され、歌人としての評価も完全に定まっていた。長元八年（一〇三五）の賀陽院水閣歌合からはじまり、康平四年（一〇六一）の祐子内親王名所歌合に至るまで、当時の主だった歌合にはほとんど出詠している。家集に相模集その他がある。**〇こちたき** 「こと痛き」の約。噂がひどい。うるさい。わずらわしい。おおげさだ。ぎょうぎょうしい。**〇語りたまひしかば** 主語は「相模の君」であろう。〔補説〕参照。**〇あれよりあるを** 相模の君からそう言って

きたので。自慢話めいているが、自分からそう言っているのではないという、弁明めいた言辞か。**○うしろめたう**「うしろめたし」は、気がかりだ、不安だ。**○下もみぢ**　下葉が紅葉すること、あるいはその葉。ここは秘やかに行われることを暗示するか。

84 **○すかし言葉**　「すかす」は、だます、たぶらかす、おだてる、なだめる、機嫌をとるなどの意。ここは、とても本当とは思えない褒め言葉の意か。

86 **○深山木**　人目につかないような山奥に生えている木。

88 **○け憎らかに**　形容詞の語幹などに接尾語「らか」がつき、形容動詞化する特殊な用法がある。たとえば「清し→清らかなり」「高し→高らかなり」「憎し→憎らかなり」。この場合は形容詞「憎し」に接頭語の「け」がつき、「け憎し」となって、「け憎らかなり」となり、その連用形。いかにも憎らしい感じで。**○小山田の**　「小山田」は山あいにある田。ここは小山田を打つ（耕す）意から、「うちまかす」の「うち」を導く枕詞的に用いられているのであろう。**○うちにまかせて**　「打ちにまかせて（耕すのに任せて）」と「うちまかせて（普通のこととして、ありきたりのこととして）」の掛詞。**○すき者**　好色な人、風流人、物好きなどの意に、「鋤き」を掛ける。「打ち」「鋤き」は「小山田」の縁語。

〔補説〕　いわば一種の自讃談であろう。「大宮殿のほどのことども」について書いたものが褒められ、相模と歌の贈答をした。ただし細部については解釈上いくつか問題がある。まず歌の作者は、83、86、88番歌が出羽弁で、84、85、87番歌が相模、と考えられ、これはおそらく異論がないであろう。問題はそこに至る過程である。出羽弁が書いたものを左衛門内侍が相模に見せたところ、「例のいみじきこちたき言葉どもになむめづる」とあるが、めでたのは誰か、また「…と語りたまひしかば」とあるが、語ったのは誰か、という問題である。後者は後の歌のやりとりから考えてまず間違いなく相模かと思われるが、前者も相模と考えていいのかどうか。従来は、たとえば臼田甚五郎「相模」（『平安女流歌人』青梧堂　昭和18年、のち『平安歌人研究』三弥井書店　昭和51年）にしても、『相模集全釈』

〈風間書房　平成3年〉にしても、いずれも相模の行為ととって相模の性格分析までしているのだが、これは相模の語った内容の一部で、左衛門内侍がそう言っていたと言っているのではないか。12番歌の〔補説〕でも述べたように、この左衛門内侍という人は非常に陰口などの多い人で、紫式部日記によれば、

　左衛門内侍といふ人はべり。あやしうすずろによからず思ひけるも、え知りはべらぬ、心憂きしりうごとの、多う聞こえはべりし。

と評されている人である。紫式部に対して「日本紀の御局」などとあだ名をつけた人ということにもなっており、「例のいみじきこちたき言葉どもになむめづる」という「例の」というにまことにふさわしい。またもし、この段階で相模が褒めていたということになれば、83番歌でわざわざ「散る言の葉をいかに見るらむ」と尋ねる必要もないであろう。出羽弁は自分の言葉で直接的に自讃しているのではなくて、相模の口を通して、いわば間接的に自讃しているのである。

四三

みまさかに宮のさふらひなりともといふかくたりたりけるもしらぬになとか、かるたよりにもおとつる
ましきとうらみて　宮のすけ

89 いかにしてか、るたよりにとはさらんうしとそ思ふおとなしのたき

かへし

90 たのみけるこ、ろのほとをしりぬれはうらみられてもうれしかりける

【校異】 90○うらみられても—うらみられてそ（彰・類）　○うれしかりける—かなしかりける（書・彰・類）

〔整定本文〕 美作に、宮の侍なりともといふが下りたりけるも知らぬに、などかかる便りにもおとづるまじき、と恨みて、宮亮

89 いかにしてかかる便りに訪はざらむ憂しとぞ思ふ音無の滝

返し

90 頼みける心のほどを知りぬれば恨みられてぞうれしかりける

〔現代語訳〕 美作に、宮の侍であるなりともという人が下って行ったのも知らないでいたところ、「どうしてこういう機会にも便りをくださらないのですか」と恨んで、宮亮が

89 どうしてこのような機会におことづけをくださらないのでしょう。つらいと思います。お便りがないなんて。

返し

90 私のことを頼みに思っていらっしゃるお心のほどを知ったので、あなたに恨まれて、本当にうれしいことでした。

〔他出〕 ナシ

〔語釈〕 89 **○美作** 現在の岡山県北部にあたる。**○宮の侍なりとも** 「宮の侍」は中宮のお側近くに仕えて雑用を勤める者。なりともは未詳。なお春記に「雑色成友」なる人物が出てくる。〔補説〕参照。**○宮亮** 中宮亮藤原兼房。51番歌参照。**○音無の滝** 枕草子「滝は」の段にも見える有名な歌枕だが、場所は特定できない。歌ではしばしば「音信がない」の意に用いられる。「冬、音せぬ人に　氷とぢ山下水もかきたえていかにとだにも音無の滝」（伊勢大輔集II・五五）

90 **○うれしかりける** 他本すべて「かなしかりける」とあり、底本も次のように微妙だが、

やはりここも「うれしかりける」と読むべきであろう。恨みに思われ、かえって頼みにされていることがわかり、うれしかった、というのである。42番歌参照。

〔補説〕 74番の詞書に、宮亮兼房が「七日のこと過ぐしてと思ひつるも、かくすさまじくなりぬれば、いつしかと国へ下りなむ」と言って、中宮のもとを辞去する場面があるが、その「国」は美作であった。「なりとも」が美作へ下った時、せっかくの機会なのに手紙も託さなかったと出羽弁を恨んでいる。

中宮亮である兼房の美作下向は、おそらく彼が美作守と兼任していたからである。後拾遺集・雑四（一〇五七）に、

美作守にてはべりける時、館の前に石立て、水せきいれてよみはべりける

藤原兼房朝臣

せきれたる名こそ流れてとまるらん絶えず見るべき滝の糸かは

とあり、これまでそれが事実かどうか、またいつのことかはっきりしなかったが、右の件を参考にするならば、少なくとも永承六年当時は該当していたのだろうと推定できる。中宮亮と国司との兼任は、たとえば兼房自身がすでに丹後守を兼ねていた時期があるし（小右記　長元二年二月二十四日の条）、源経頼も万寿元年以降、丹波守を兼ねている（公卿補任　その他）。74番の詞書で、今度帰ってくるのはいつかと聞かれて、「年返りて二三月ばかりにや」と答えているのも、兼任だったからこそであろう。四年間行きっきりではなく、都とはしばしば往復していたことになる。

なお、春記、永承七年四月二十五日の条に、

　雑色成友自伊予国上道、去正月為請遙授物、下遣彼国也

との記述がある。当時伊予守であった春記の作者藤原資房が、遙授の物を請わんために下し遣わしていた「雑色成友」が伊予国から帰ってきたというのであるが、一方は資房のもとにいる「雑色」であり、一方は「宮の侍」なので、あるいはまったく関係ないのかもしれないが、同じ「なりとも」なので一応指摘しておく。

四四

うこのないしのすけのいよにくたりたまうけるみちによろつ人に見せまほしきところ〳〵のおほかる中にかはねしまなん心とまりしかとさすかにそのことゝしるしあることも見えてしろきいしのひまなかりしところのめくる〳〵見しかとなにこともなくてこそありしか

91 それと見むあとはかもなしかはねしまうつまれぬなをたれのこしけん

かへし

92 そのはかと見えてすきけむかはねしまなをきく人はたゝならぬかな

【校異】 91○よろつ人に―よろつの人に（彰・類）○おほかる中に―おほかるに（彰・類）○なにこともなくてこそ―なにともなくてこそ（彰・類）○うつまれぬなを―うつもれぬ石を（彰）○たれのこしけん―たれにのこしけん（彰）

92○見えてすきけむ　みえてそきけむ（彰・類）○なをきく人は　猶きく人は（類）

【整定本文】 右近典侍の伊予に下りたまうける途に、よろづ、人に見せまほしき所々の多かる中に、かばね島な

む心とまりしかど、さすがにそのこととしるしあることも見えで、白き石のひまなかりし所の、めぐるめぐる見しかど、何事もなくてこそありしか

91 それと見むあとはかもなしかばね島埋まれぬ名を誰残しけむ

返し

92 そのはかと見えで過ぎけむかばね島名を聞く人はただならぬかな

〔現代語訳〕 右近典侍が伊予に下向なさった途中、いろいろと、人に見せたい所々が多い中で、かばね島というところが心惹かれたけれども、さすがにこれこれとはっきりそれらしいところも見えず、白い石がびっしりと敷き詰められていた所で、あちこちめぐりめぐっては見たけれども、何事もない所だった

91 これがそうだとはっきり見えるような跡はまったくありませんでした、かばね島は。その名のとおりなら埋もれていてもよさそうなのに、こうして埋もれない名を一体誰が残したのでしょうか。

返し

92 それではあなたはそこがどういう所と見当もつかずに過ぎてしまったのでしょうね、かばね島は。でも、その名を聞く人はやはりただならず思いますよ。

〔他出〕 ナシ

〔語釈〕 91 **○右近典侍** 未詳。「右近内侍」なる人物は栄花物語にも散見するが、それは一条天皇づきの女房で、枕草子・翁丸の段などに見える「右近内侍」と同じであろうと推定されている人物である。時代的にやや合わないか。**○伊予** 現在の愛媛県。**○かばね島** 備前国（現在の岡山県東南部）にあったとされる島。〔補説〕参照。**○そのことと……見えで** 具体的に……とも見えないで。「そ……打消」という用法は、具体的な明示を避けて表現する方法。「月夜にはそれとも見えず梅の花香をたづねてぞ知るべかりける」（古今・春上 四〇）「思ふどち春の山辺にうちむれてそことも言はぬ旅寝してしか」（古今・春下 一二六） ○ひまなかりし 隙間がなかった。「ひま」の

原義は空間的なもので、ものの割れ目。**○あとはかもなし**　「あとはかなし」は、痕跡がない、手がかりがない。「も」は強め、語調を整える役割りも果たす。語中に「墓」が籠められていて、「墓」は「かばね」の縁語。
92 **○そのはかと見えで**　「はか（計）」は、目安、目当て、目標、見当の意。「けふ過ぎば死なましものを夢にてもいづこをはかと君がとはまし」（後撰・恋二　六四〇）。ここも「そ……打消」の用法で、「はか（計）」に「墓」を掛ける。「墓」は「かばね」の縁語。**○名を聞く人は**　群書類従本における表記では「猶きく人は」とし、それでも意味は通じるようだが、贈歌の表現からすればやはり「かばね」という「名」を聞く人はの意であろう。
〔補説〕「かばね島」については日本霊異記以下に次のように見える。

舟人、欲を起し、備前の骨島（かばねじま）の辺に行き到り、童子等を取り、人を海に擲げき。（日本霊異記・上・第七）

また数知らず物まうけて上りけるに、かばね嶋といふ所は海賊の集まる所なり。（宇治拾遺・巻十五・四）

かばねじまをみてよめる
むかし人いかなるかばねさらされてこの島にしも名を残しけん（散木奇歌集〈俊頼Ⅲ〉・七六三）

「伊予に下りたまうける途」にある島だから、おそらく備前国で間違いないだろうし、次の例も「かばねのしま」の可能性があろう。

備前国
河ねのしま　かよふのうら　心みの浦　いまはの里　鶯のうら（能因歌枕）

ただし現在のどの島を指すのかは特定できない。宇治拾遺物語によれば「海賊の集まる所」だったらしいが、「かばね（屍）」というような不吉な名のついた島への関心があって、ここでは扱われているのであろう。

四五

はきのいみしういろこくさきたるをちりなはをしとてこいよのきたのかたのおこせたまへるかへりことに

93 いろにこそ猶めてらるれいくちたひうき世中にあきはきの花

かへし

94 さためなくうきよの中は秋はきのうつろふいろにおとりやはする

〔校異〕 93○はきのいみしういろこくさきたるを—はきの色こく咲たるを（類） ○おこせたまへる—おらせたまへる（書）

94○うきよの中は—うきよのなかを（彰・類）

〔整定本文〕 萩のいみじう色濃く咲きたるを、散りなば惜しとて、故伊予の北の方のおこせたまへる返り事に

93 色にこそ猶めでらるれ幾千度憂き世の中に秋萩の花●

返し

94 さだめなく憂き世の中は秋萩の移ろふ色に劣りやはする

〔現代語訳〕 萩の大層色濃く咲いたのを、「もし散ってしまったら残念」といって、故伊予守の北の方が贈ってよこされたその返事に

93 すばらしい色にはやはり自然と心がひきつけられてしまいます。たくさんのつらいことがある世の中に、この秋萩の花を見ますと。

返し

94 定めがなく、つらいこの世の中は、秋萩の移ろいゆく色に劣ったりするでしょうか。いや決して劣りやしません。秋萩以上に世の中は移ろいやすいものです。

〔他出〕 ナシ

〔語釈〕 93 **○故伊予の北の方** 未詳。「故伊予」は、あるいは平範国か。〔補説〕参照。**○幾千度** 多くの回数を意味するが、ここは「憂き」にかかるのであろう。

94 **○劣りやはする** 劣ったりするか、いや劣りはしない。「やは」は反語。

〔補説〕 国司補任によれば、永承六年当時の伊予守は高階成章で、それ以前を遡ると、平範国、藤原資業等がいる。もちろん「故」とあるのですでに亡くなっている人物ということになるが、範国は没年未詳で、資業は延久二年（一〇七〇）まで生存している。あまりに古い伊予守については「故伊予」などとは言わないだろうから、可能性としては没年未詳ながら平範国が最有力ということになる。しかも範国は出羽弁の従兄弟である行義の子で、1番歌に登場した「加賀権守経章」の父親にあたる。その未亡人なら、萩の花や歌のやりとりをする人物としてはまことに恰好の人物ではないだろうか。なお、確認できた範囲では、永承四年以降の伊予守が高階成章で、平範国は永承元年から三年までの三年間、それ以前が藤原資業となり、通常四年の任期からすると、範国の任期はやはり短いといえるだろう。公卿補任によると、成章が伊予守に任じられたのは永承四年の十二月という中途半端な時期でもある。もしかしたら範国は在任中に亡くなったので「故伊予」と呼ばれたのではなかろうか。ついでにもう一つ推測を加えると、尊卑分脈の範国の項には、経方、経章の二人の子が記され、兄の経方には、「母章任朝臣女」とある。章任は源高雅男で、長元四年の上東門院彰子石清水・住吉詣での際には、範国ともども供奉している。推測に推測を重ねることになるが、もし「故伊予」が平範国なら、その「北の方」は源章任女である可能性が大きいこととなる。

四六

さい院の長官なかふさのきみのうちの御前にてきくのうたをかしうよみたりと御前にもほめさせたまひ
　人〳〵もほいひしかはいひやりし

95 いとさしもわれは思はぬきみなれとたゝ人しれすうれしとそ思(キク)

　　かへしなかふさのきみ

96 いろふかくたのむこゝろのしるしにはことのはわきて人のとふらん

〔校異〕95〇うれしとそ思―かなしとそ思（書）

〔整定本文〕斎院の長官長房の君の、内裏の御前にて、菊の歌をかしう詠みたり、と御前にもほめさせたまひ、
　人々も言ひしかば、言ひやりし

95 いとさしもわれを思はぬ君なれどただ人知れずうれしとぞ聞く

　返し、長房の君

96 色深く頼む心のしるしには言の葉分きて人の訪ふらむ

〔現代語訳〕斎院の長官長房の君が、帝の御前で、菊の歌を趣き深く詠んだ、と帝もお褒めになり、人々も話したので、言ってやった歌

95 私のことをそれほどたいして思ってもくださらないあなたですが、今回の菊の歌のことを、私はただ、人知れずうれしいと聞いたことでした。

　返し、長房の君

96 とんでもないことです、私があなたのことを、本当に深く頼みに思っている心のしるしとして、こうしてお言葉を、特別にあなたはかけてくださるのでしょう。

〔他出〕　ナシ

〔語釈〕　95 **○斎院の長官長房の君**　中宮権大夫経輔の次男。24番歌参照。**○内裏**　後冷泉天皇。**○御前**　もともとは「おまへ」であったのを、漢字で「御前」と書くようになり、やがて「ごぜん」とも読まれるようになったらしい。従って当該箇所のように漢字で書かれている場合は、「おまへ」と読むべきか、「ごぜん」と読むべきか、なかなか決定しきれない。同時代の四条宮下野集や栄花物語における仮名書きの例を調べてみると、完全ではないが、いわゆる貴人を指す敬称の場合は「うちのこせ（内裏の御前）」、あるいは「こせん（御前）」が用いられる傾向があり、文字通り「おん前」の意味で用いられる場合は「おまへ」と表記される傾向があるようである。本集でも22番の詞書には「おまへにおほえたなるさくらをうへさせ給たる」とある。ここも「うちの御前にて」の場合は「おまへ」、「御前にもほめさせたまひ」の場合は「ごぜん」と読むのが穏当であろうか。**○菊の歌**　〔補説〕参照。
96 **○頼む心のしるしには**　「頼む」は四段活用なので、頼みに思う意。「しるし」は、それとはっきりわかるもの、明徴、証拠。私があなたのことを頼みに思っているから、あなたは私に対して気にかけてくれるのだろう、という論理。

〔補説〕　右の「菊の歌」について、枝松論文は、今鏡・巻一・菊宴における永承六年の条、

九月九日菊の宴せさせ給ひて、菊ひらけて水の岸かうばし、といふ題をつくらせ給ひけるとぞ聞こえ侍りし。

の折のものではないかとされる。扶桑略記に、

有重陽宴、菊開水岸香

とあり、百練抄にも、

九月九日、於冷泉院天皇詩宴

などとあるものである。また具体的には、後拾遺集・秋下（三五一）に見える、

後冷泉院御時后の宮の御かたにて人人翫宮庭菊てよみはべりける　大蔵卿長房

あさまだき八重咲く菊の九重に見ゆるは霜のおけばなりけり

という歌が該当するのではないかともされる。後拾遺集では「后の宮の御かたにて」とあり、本集では「内裏の御前にて」とあって、多少齟齬があるようだが、可能性は十分にあろう。

実はこの歌は、袋草紙・雑談にも見えるもので、

長房卿常云、秀歌一首持ハ歌読、二首持ハ上手、三首ハ難有事也。而吾ハ三首持之。

と本人が自慢げに挙げた歌、三首に入っているものでもある。彼がこれほど自信を持っていた背景には、あるいは帝に褒められたという事実もあったのではないか。24番歌でも述べたが、当時長房はまだ二十二、三歳。若い長房の快挙に心からよろこんでいる出羽弁の姿がうかがえよう。

解説

一、栄花物語続編と出羽弁

後冷泉期の一女流歌人にすぎない出羽弁なる人物が、従来特に注目され、関心を持たれてきたのは、栄花物語、中でもその続編の成立に深くかかわっているのではないかと考えられてきたからである。周知のように、栄花物語は、道長の栄耀栄華を語るいわゆる正編（上巻とも）三十巻と、その後を語る続編（下巻とも）十巻とから成ると考えられているが、巻三十一・殿上花見以降のうち、巻三十六・根合までの六巻には出羽弁の歌が頻出し、それを含む巻三十七・煙の後までの七巻には、彼女の仕えた一品宮章子内親王関係の記事が非常に多いという事実がある。

早く樋口宗武は、契沖の『百人一首改観抄』追考（延享五年〈一七四八〉刊）において、また土肥経平は、『栄花物語目録年立』（「延享のはじめのとしの冬」成立）および『春湊浪話』（安永四年〈一七七五〉跋）において、それぞれ、続編はすべて出羽弁の筆に成るものではないかと問題を提起し、ついで与謝野晶子は、日本古典全集『栄華物語』下巻（日本古典全集刊行会　大正十五年）解題で、前記七巻のみに関してだが、出羽弁作者説を積極的に支持した。

くわしい研究史については松村博司『栄花物語の研究』ならびに『栄花物語の研究　第三』『歴史物語研究その他』『歴史物語研究余滴』など（本解説末尾に「参考文献」として掲載）を参照願いたいが、氏は、与謝野説を以下のようにまとめ、さらに出羽弁作者説を追究、推進した。

1　煙の後の巻に書かれた治暦三年（一〇六七）に出羽の辨は六十歳ぐらゐであり、辨は六十四五歳までは確かに生きてゐたと考へられるから、年齢上の不都合はない。

2　七巻の中には辨の歌が多いが、當時には優れた歌人に赤染衛門、和泉式部が年長者として生存し、外に相模、大貳三位の如き名流が時を同じくしてゐる。出羽の辨の如き程度の女歌人に至っては、何れの宮、何れの家の女房階級にも多いから、文學の鑑賞に一隻眼のある者ならば、決して権衡を失した歌の採り方をしないであらう。

3 「出羽辨集」に自作の褒められた事を書いて得意になつてゐる事から見ると、七巻の中には辨が自己の歌を吹聴するためにわざわざ筆を着けたと想はれる記事さへ見出される。そして晩待星の一巻は辨の虚榮慾を特に最も露骨に示したものである。

4 七巻は篇中の取材が出羽の辨の周囲に精しく、他の重要な記事に粗である。

5 「出羽辨集」には續篇七巻に出てゐる辨の歌が自撰されてゐないのは、辨が意識して榮花物語に譲つたのであらう。従つてこの事も七巻が辨作の傍証となり得るであらう。

萩谷朴による歌合研究も出羽弁作者説を推進することにつながった。永承三年春の催行かと推定される「鷹司殿倫子百和香歌合」に、出羽弁が「斎院出羽」として出詠しているのをはじめ、後朱雀天皇皇女である祐子内親王や禖子内親王関係の歌合に「出羽」がしばしばが参加していることを根拠に（巻末「出羽弁　和歌関係資料」参照）、「初め後一条中宮威子に仕え、長元九年中宮崩御の後は一品宮章子内親王に奉仕したらしいが、終りは六条斎院禖子内親王に仕えたのであろう」（『平安朝歌合大成　一三四』）と推定したことを受けて、「恐らく弁は永承元年（寛徳三年）三月禖子内親王の斎院卜定と共に（あるいは少しく後れて）、章子内親王のもとを去つて、斎院に奉仕することになつたのであらう」とし、栄花物語、根合の巻の途中、永承元年の記事を最後に突然姿を消すことと関連があるのではないかと考えたのである。

要するに、中宮威子、その亡き後は遺子である一品宮章子内親王に仕えた出羽弁は、禖子内親王が斎院に卜定されたのに伴い、何らかの事情があって奉仕先を変えた。従って続編十巻のうち、殿上の花見をはじめとする七巻においては自ら見聞したことを中心に記すことが出来たが、その後は出来なくなった。永承元年で姿を消すのはそういう事情があったのであろう、というわけである。

その間、岩野祐吉、中山昌らが、栄花物語自体の精細な読みから与謝野説に対して疑問を呈することもあったが、決定的な論は、枝松睦子「出羽弁集の一考察—栄花物語続篇作者問題に関連して—」の出現であった。枝松論文は、従来不明とされてきた出羽弁集における和歌の詠作年代を、丹念な読みと綿密な考証とから明らかにし、永承六年（一〇五一）を中心とする永承・天喜年間のごく短い期間のものであり、しかもその間ずっと彼女は章子内親王に仕えていた、従ってのちに禖子内親王のもとに転じたとする考え方はとりにくく、斎院奉仕説を前提とする続編作者説も当然成り立たないだろうと論じたのである。栄花物語続編の成立、出羽弁の研究にとって、これはまさに画期的な研究と言ってよい。

二、出羽弁集の本文

枝松論文が提示した、永承六年を中心とする永承・天喜年間のごく短い期間、というのは、さらに作品を精細に読み込めば、実は永承六年の正月から秋までのより短い期間と見るべきだ、と私は考えているが、それは後に精しく述べることとして、とりあえずは家集の基本的な本文の問題から取り上げてみたい。

これまで知られていた出羽弁集の本文の中で、最善本とされてきたのは宮内庁書陵部蔵「出羽弁集」（五〇一・一三八）である。書籍版の旧『私家集大成』も、『新編国歌大観』も、いずれも底本にはこの宮内庁書陵部蔵本が用いられてきた。その他の本文には彰考館文庫蔵の二本と群書類従本とがあるが、それらは共通して書陵部本における53番の歌から55番の詞書の途中「……宮つかさ」までを欠いている。従って53番の作者名「さいさうの君」が、書陵部本における55番詞書の冒頭になり、書陵部本では「宮つかさはかり」とあるところが、彰考館文庫本などでは「さいさうの君はかり」になるという違いがある。基本的にはいずれも同系統なのでどちらかにミスがあるわけだが、内容的には明らかに彰考館文庫本などの脱落であり、書陵部本における衍とは考えられない。

ところで同じ書陵部本を底本にしていながら、書籍版の旧『私家集大成』と、あとから刊行された『新編国歌大観』とでは歌数が異なっている。旧『私家集大成』では全歌数九十五首であるのに対して、『新編国歌大観』では九十六首である。なぜ『新編国歌大観』では一首多いのか。それは69番歌の詞書中に埋没している次の傍線部分を一首の歌と認めたからである（形態は異なるが、埋没状況は諸本すべて同じである）。

みすのまへちかき松のとし
ふりいみしきかけにつき
のあかきにおりてこす
ゑをみあけたる心ちあい
なうたのもくして　（二〇オ）
……………………………………………
おもひつるこゝろにいまそ
かなひぬるこたかきま
つのかけにかくれていつ　（二〇ウ）

みのいみしうす丶しきに
　てをひたしなとして
えにふかきいつみの水はありな
からむすはぬ夏のいかてすきけむ

要するに「みすのまへちかき松の…」以下の詞書は、傍線部の、

おもひつるこ丶ろにいまそかなひぬるこたかきまつのかけにかくれて

という歌にかかるものであり、「えにふかき」の歌の詞書は「いつみのいみしうす丶しきに、てをひたしなとして」の部分だけとなる。「おもひつる」の歌がたまたま丁の変わり目にあたっていたために生じた単純な書写上の誤りと認められる。従って本来ならこの歌が69番となるはずで、「えにふかき」の歌が70番、以下、一番ずつ番号が繰り下がることになる。ＣＤ版『新編私家集大成』もそれに従い、『新編国歌大観』にあわせて70番以下の歌番号を改めているので、本書も当然従った。

なお、凡例でも述べているが、本書の底本には新しく見いだされた冷泉家時雨亭文庫本（『平安私家集二』所収）を用いた。一四・四㎝×一八・五㎝の、やや横長の大和綴本。ＣＤ版『新編私家集大成』の底本にも用いられているものである。これまで伝本中の最善本とされてきた書陵部蔵本は、実はこの冷泉家時雨亭文庫本の忠実な写しであることが判明している。一部に「む」が「ん」になっているような表記の違いがあったり、重ね書きや訂正されている箇所が書陵部本ではじめから訂正済みの本文になっていたり、意味不明の箇所や読めない箇所に「如本」とか「不見」などとあったりする違いはあるものの、改丁、改行、字配り等、基本的にはすべて一致する。右の「おもひつる」の歌の埋没状況もまったく同じである。

ただし問題がある。語釈の項でも随時述べてきたが、冷泉家本はいわゆる伝西行筆と称される「一条摂政御集」などと同筆で、名筆ではあるが、非常に特異な筆跡で読みにくいものである。転写本である書陵部本を頼りにやっと判読できる状態なのだが、書陵部本もまた誤読していると思われる箇所が何箇所かあって、ややこしいことになっている。たとえば、29番詞の「おこせて」、93番詞の「おこせたまへる」は、書陵部本ではいずれも「おらせ」と読んでいるし（「折らせ」の仮名遣いは冷泉家本ではすべて「をらせ」である）、42番詞の「うれしき」、45番詞の「うれしくて」、90番歌の「うれしかりける」、95番歌の「うれしとそきく」は、いずれも微妙な筆づかいだが「かなし」と読んでいる。また43番歌の「花ゝかりせは（花なかりせは）」も「花たよりせは」と読んでいて、これでは意味が通じないだろう。それらはすべて冷泉家本によって訂し、これまで最善本とされてきた書陵部本の本文を改めることになった。親本の出現は、当然ながらきわめて大きな意味を持つことになる。

三、出羽弁集における詠作年次

枝松論文以前の出羽弁集理解は、非常に不十分なものだったといってよいだろう。たとえば『和歌文学大辞典』（明治書院　昭和37年刊）においては、「比較的長い詞書が多く、贈答の相手の名も記してあるが、年代を知り得るものが少ない」と記しているし、枝松論文以後でも、「集の内容は、比較的長い詞書が多く、詞書中には宮仕先での交友を物語る人名が多く出ているが、製作年代を明らかに示すものは殆どない」（『私家集大成　中古II』解題　昭和50年刊）といった具合である。

ところが実は、丹念に読めば、かなり明確にわかるのである。具体的にはそれぞれの項でくわしく述べているのでここでは繰り返さないが、全体を通してまとめると、次のようになる。

まず登場人物であるが、男性の場合は、その官職名からある程度の判断が可能である。次の一覧は年次のわかるもののみを挙げたが、冒頭の洋数字は登場する歌番号、名前の下は集中で用いられている官職名、さらにその下は該当年月である。〔 〕内は推定、〈 〉内はその年次に記録のあるもの。すべてに共通している年次としては、永承五年、あるいは六年の二年間だけ、ということになろうか。

3 78	隆方	周防前司	〔永承五年二月ごろ〕～天喜二年二月
24 95 96	長房	斎院長官	永承三年四月～永承七年四月
25	経家	頭弁	永承三年十二月～天喜四年正月
28	経信	馬頭	寛徳二年四月～康平五年三月
29	定長	民部大輔	〈永承三年正月・同六年五月〉
35 36	泰憲	近江守	寛徳三年二月～天喜二年二月
51 55	経輔	権大夫	永承元年七月～康平八年三月
51 74 89	兼房	宮亮	〈永承四年十一月・同五年六月・同六年五月〉
51	実綱	但馬守	〈永承三年正月〉～〔永承七年正月〕
55	長家	大夫	永承元年七月～康平七年十一月
81 82	師基	少将	〈永承六年五月〉

右はもちろん推定年次のいわば大枠である。その大枠の中で、より具体的に推定できるものを求めると、たとえば次のようなことがある。

まず9番の詞書に見える、

……師走に節分してしなり

である。年内に立春を迎えることは、たとえば古今集巻頭歌によっても知られる通り、特に珍しいことではないが、閏月を持つと、その年は当然年内立春ということになる。『日本暦日原典』によると、永承年間で年内に立春を迎えた年は、永承三年、永承五年、永承八（天喜元）年であり、この9番の歌は、その翌年の春のことであるから、それぞれ永承四年、永承六年、天喜二年のどれかということになる。

ついで興味深いのは55番の長い詞書である。泉や松のすばらしい大宮殿で、かねてより七月七日を「御遊びありぬべきほど」と期待し、準備して、いよいよ当日になったところ、

……つとめてより荒らましく吹きつる風を、いとさしもやと思ひつるほどに、暮れゆくままに、まことの野分になりて、御殿油も光のどかなべくもあらず、山もとの松に通はむ琴の音もあまり聞きわかるべくもあらず、ただひたみちに怖ろしくのみなりて、……

という状態になる。激しい「野分」である。せっかく参集した人々はあわてて帰り、「山のかたなりつる屋」も倒れる騒ぎに、結局はすべて中止になってしまう。七夕の日に「野分」が吹いたのは、当該箇所でも述べたが、永承六年のみである。

中宮章子が「御方違へ」のために大宮殿に渡られたのが「六月十余日」で、そこで「野分」に遭ったのが「七月七日」だとすると、73番の、

冷泉院に入らせたまふを、水の流れの立ち別れぬる、いとわりなくて

とあるのは、おそらく同じ永承六年の、七月十九日前後のことである。十三代要略や扶桑略記に「遷御新造冷泉

院」などとあり、ほぼ確認できる。

巻軸歌の95・96番の贈答歌も興味深い。

斎院の長官長房の君の、内裏の御前にて、菊の歌をかしう詠みたり、と御前にもほめさせたまひ、人々も言ひしかば、言ひやりし

という出羽弁の歌と、長房の返歌とであるが、枝松論文はこれを永承六年九月九日の重陽宴に関するものであろうとされる。題は「菊開水岸香」であった。今鏡巻一菊宴、扶桑略記、百練抄等によって、その事実が確かにあったことは知られるし、その前後の年に重陽宴の記録は他に見あたらない。確認されるものすべてがこうして永承六年で一致するのである。

四、出羽弁集における配列

また、集中の歌が季節順に配列されていることは、たとえば1・2番の贈答歌が「正月の一日」、7・8番歌が「七日の日」、12・13番歌が「二十日のほど」、20・21番歌が「二月一日」、25・26番歌が「二月つごもり」、以後、51~54番歌が「六月十余日」、55~59（あるいは61）番歌が「七月七日」。詞書に書いてある日付けを追うだけでもそのことは明瞭であるが、日付けがなくとも、たとえば「霞」「春とも見えぬ雪」「うぐひすの声」「桜花」「桃の花」「七夕」「もみぢ」「萩」「菊」といったような歌中の語が、それを余すところなく語っている。従ってこの集は、間違いなく春から秋までの歌を集めて配列したということになるわけだが、しかし他の多くの家集のように、生涯の、あるいはある一定期間の詠作の中から、歌を選び、分類し、季節に応じて配列した、という体のものではない。

きわめて短い期間の歌が、日付けそのままに、ちょうど歌日記のような形で配されていることが、集中に前後して置かれている詠作群相互の関連から、非常によくわかるのである。

その最もわかりやすい例が、78番の詞書中に見える、次の部分である。

京極殿に内裏の渡らせ給ひしに、この宮司ども、皆よろこび騒ぎし給ひしに、隆方は服にて、その夜えせずなりにしを、……

「隆方は服にて」というのは、明らかに3番の詞書に見える

周防前司隆方、去年の師走に親におくれて、勧修寺といふところに籠もりゐて嘆くにやりし

と関連があろう。「去年の師走」に親に死に別れたので、今年の師走が来なければ、当然喪は明けないのである。丹念に見ていくと、こういった二つの歌、あるいは歌群の関連は、かなりの数を指摘することが出来る。

二月一日、宮にまゐりて、近江殿にその後かき絶えて聞こえざりしを思ひ出でて

いつとなき松の緑もこの春はちしほまされる色を見せばや

近江殿

くらぶれどちしほの松も限りあるを枝さし交はす契りをぞ思ふ

とあるのは、20・21番の贈答であるが、「近江殿にその後かき絶えて聞こえざりしを思ひ出でて」というのは、5・6番の贈答歌である、

宮の近江殿の、子日の日、のたまへる

引き絶えで千歳の春は過ぐれども松の緑の色は変はらず

返し

言に出でて誰もいはねの松はさぞ年経るままに色まさりける

を受けていることは、「松の緑」を詠んでいる両者の歌からも明らかだが、そういった前提なしには「その後かき絶えて聞こえざりしを」という言い方もまったく意味の通じないものになってしまう。

また27番歌の詞書、

和泉の尼君の折の薄墨を、はかなきことどもとぶらひなど馴らはしたる人の、訪はで過ぎにしが、ただ同じほどの服になりたるを、訪ひにやりたりし

は、やはり18番の、

和泉の尼上と聞こえつるをばの、朱雀といひて山里よりも世離れたるところにて亡くなりたまへるに、……

と関連があることは、隆方の親の服の場合と同じであろう。

七日、いつしかと待ちつけて、暮るるを心もとながる人々、御簾のうちに多かるに、……

前にも少し触れたが、これは七夕の日の野分に関する、55番歌の長い詞書の冒頭である。この「七日」というのは、51番歌の、やはり非常に長い詞書、

御方違へに大宮殿に渡らせたまふこと、六月十余日、泉の涼しげさ、木高き松の年古りにける梢など、ただにて過ぐさせたまふ所のさまならず、七月七日など、必ず御遊びありぬべきほどなるを、ことごとしかべきほどにあらねど、その日、思ふさまならずあたりたりけるを、ただけしきばかりとて、よき日なりけるを、権の大夫、正のすけなど、さるべき人々少しまゐりたまて、庭の松いくらの年をか限れる、といふ題を、但馬守実綱出だしたるを、外の人々いとよう詠み集めたまへめるに、女方も、ことさらに、ひとつ

に出だせ、と俄かにはべしかば

を直接受けていることは、ほとんど異論をさしはさむ余地のないところであろう。

この詞書と、あとにつづく四首の唱和を受けていると思われる表現が、実はほかにも二箇所ほど認められる。ひとつは59番歌の詞書、

また、例の皆言ひとられたてまつりて、物もおぼえずのみぞ

である。「言ひとられたてまつりて」というのは、他の女房たち、具体的には宣旨殿（55番）、大納言の君（56番）、大和（57番）、侍従の命婦（58番）などに、それぞれ言いたいことを先に言われてしまって、の意で、自分にはもうそれ以上気のきいたことは言えそうもないという、実感とも謙辞ともつかない言い方なのであろうが、「また、例の」は、「庭の松いくらの年をか限（契?）れる」という題で詠んだ、例の51〜53番歌のあとの、

などさまざま言ひとられて、すべきこともなかりしかば

を受けていることは明らかである。

もうひとつはやや離れて、68番歌である。

これは、まことに言ひ尽くすべくもあらぬ殿のありさまのをかしさに、思ひ集めし独り言、四日に詠み集められたりし松の題を、あるじ殿の御心のうち思ひやられて

年経ぬる契りは今日や知らるらむかかる御幸をまつの緑は

この「まことに言ひ尽くすべくもあらぬ殿のありさまのをかしさに」というのも、やはり庭園のすばらしかった大宮殿の様子を指しているのであろうことはもちろんだが、「四日に」というのがよくわからない。ただし「詠み集められたりし松の題」というのは、皆で唱和した「庭の松いくらの年をか限（契?）れる」でなければならない

ことは、それ以外に松の題はなかったということよりも、「年経ぬる」の歌の内容が何よりもそれをはっきりと証明していると思われる。大宮殿のすばらしさに感慨を催した出羽弁が、あるじ長家の心を思いやりながら、改めて同じ題で歌を詠んだものであろう。

68番から73番までの独詠歌群のあと、74番もやはりそのつづきである。

かやうのことどもも、同じ心に心ゆきて言ひ合はせなどしたまふ宮亮、七日のこと過ぐしてと思ひつるも、かくすさまじくなりぬれば、いつしかと国へ下りなむとて、夜うさりなむ京は出でぬべき、またはえ立ち帰りまゐらじ、などまかり申ししたまふ、さていつか上りたまはむずる、と聞こゆれば、年返りて二三月ばかりにや、と思ひはべる、とあるを聞きて、出でたまひぬるにたてまつれし

帰る雁また聞くまでと思ふかな常は惜しまぬ命なれども

「かやうのことども」というのは、当然大宮殿における感慨などが中心になっているのであろうが、ふだんから気が合って理解し合えている宮亮兼房が、七日の行事を過ごしてからと彼自身思っていたのに、結局は野分のために行事そのものがだめになってしまって、急いで国へ下って行った。「七日のこと」「かくすさまじくなりぬれば」が、七夕の日とその野分を指していることは明らかである。「いつしかと国へ下りなむ」は、地方官を兼ねていたのであろう、来年の二・三月ごろまで、七・八か月間、都を離れると言っている。

この74番歌は、前の部分を受けているばかりでなく、後の部分とも関連している。89番歌の詞書に、

美作に、宮の侍なりともといふが下りたりけるも知らぬに、などかかる便りにもおとづるまじき、と恨みて、宮亮

とあるのがそれである。宮の侍である「なりとも」についてはよくわからないが、彼を美作で迎えた兼房は、出羽

弁から何も挨拶がなかったことを恨んでいる。従って兼房の下った「国」は美作であったことが確実であり、この時期、兼房は美作守であった可能性が高く、ここも前後の脈絡がついてくる。

この大宮殿のほどのことども書き集められたりけるを、左衛門内侍の伝へて、相模の君に見せたまへりければ、例のいみじきこちたき言葉どもになむめづる、いかばかりなることどもを褒められたまふものとかおぼす、文にも書きつづけて、たてまつれ、とありしかど、簾の上にさし置きて失ひてやみにき、と語りたまひしかば、ただあれよりあるをと思ひて、書きし文のついでに、かたはらいたきことどもの洩りにけること、内侍のうしろめたうものしたまふ、など書きて

これは83番歌の詞書である。意味がややとりにくいが、敬語の使われ方などから考えて、一応右のように理解し、句読点等を施してみた。くわしくは当該箇所を参照願いたいが、出羽弁によって書き集められた「大宮殿のほどのことども」とは、具体的にはどういう体裁をとっていたものかはわからないけれども、内容的には明らかに51～73番に示されているようなことがらで、それ以外に考えることは非常にむずかしいであろう。

五、出羽弁集における日記的性格

出羽弁集における歌や歌群が、単に季節だけを追って、ばらばらに配列されているものでないことは、以上のように、歌群相互がきわめて密接な関連をもっていることからもわかると思うのだが、そのことは、家集全体の日記的な性格という問題ともつながってくる。いわば永承六年の正月からの詠作が、その詠作順に配列されているわけで、決して分類によるものではなく、おのずからなる季節順だということである。そうした目で改めて家集全体を

見なおしてみると、今まで気づかなかったことがらが、こまかな点で、いろいろとわかってくる。もちろんそれなりに問題点も見えてくるのだが、なお一層前後のつながりが明らかになってくるのである。

たとえば冒頭の贈答歌には、

行ひに心入りて、正月の一日里なるに、さすがにつれづれに、日の過ぐるも数へられて、人のがりやりたりし

とあって、出羽弁が正月一日里にいて、仏道三昧の生活を送っていることがわかる。「さすがにつれづれに、日の過ぐるも数へられて」とあるから、あるいはすでに何日か里住みの生活を送っているのかもしれない。ところが次の3・4番の贈答歌には、

周防前司隆方、去年の師走に親におくれて、勧修寺といふところに籠もりゐて嘆くにやりし

とだけあって、出羽弁はどこにいて、勧修寺に籠もっている隆方と贈答を交わしているのか、この詞書からだけではわからない形になっている。しかしずっと読み進めてみると、16番歌の詞書に、

この里は……

とあり、20番歌の詞書には、

二月一日、宮にまゐりて……

とあって、そこではじめて宮に参上していることになるから、歌日記的な性格の家集だということを考えあわせると、出羽弁は一月いっぱい里下りをつづけていたことになり、1～19番歌は、すべて里での詠ということになる。18番歌の詞書に、亡くなった和泉の尼上の正日のことが話題になっているが、あるいはその服喪のための里下りだったのであろうか。一月下旬が正日だとすると、和泉の尼上の死は、昨年の十二月ということになり、冒頭の正月

早々からの仏道三昧の生活も、なるほどと理解されるのである。12番歌の詞書に、

この二十日のほどに、経仏供養じたてまつるに、女院の左衛門の内侍、近ければ、車ながら立ちて聞きたまふが、帰りてかくのたまへりし

とある「経仏供養」とも合致しよう。ここで「近ければ」と言っているのは、もちろん出羽弁の「里」に近いのである。なお9番歌の詞書に、

宮の宣旨殿の年たち返りてしるしも見えず晴れ間なきに、九重はいぶせさもまさりて、などやうに詠みたまへりし御文、疾う失ひて、忘れて、御返り事の限りおぼゆるぞあやしき、師走に節分してしなり

とあるのは、なぜ宮の宣旨が同じ中宮のもとに仕えてている出羽弁に、わざわざ「御文」をよこしたのか、なぜ宮中のことを熟知しているであろう出羽弁に、「九重は……」という内容のことを言ってよこしたのか、はじめは今ひとつわかりにくく思っていたのだが、彼女が目下里下り中だということになれば、すべて氷解してくるのである。

その他19番以前の歌で、出羽弁が里にいたと考えて都合の悪い歌は一首もないし、逆に20番以後の歌で、彼女が中宮のもとに仕えていたと考えては都合の悪い歌も、また一首もない。むしろ積極的に、宮での詠と考えた方が都合のいい歌が多いのである。22番歌の、

お前に大枝なる桜を植ゑさせたまひたる、花のいとをかしう見ゆるを……

とある「お前」も、当然中宮のお前であろうし、24番歌の、

まゐりたるすなはち、斎院の長官の訪ねきこえたまへること、と人の告げたまひしに、うち言はれぬる

とあるのも、二月一日に宮に参上したらすぐに、誰かが「斎院の長官の訪ねきこえたまへること」と教えてくれたのである。

このように見てきて、ただまったく問題がないわけではない。たとえば5・6番の贈答歌と、7・8番の贈答歌の、家集内における順序である。5・6番歌の詞書には、

宮の近江殿の、子日の日、のたまへる

とあり、7・8番歌の詞書には、

七日の日、雪のいみじかりしに、大和ののたまへりし

とある。順序からするならば、当然「七日の日」の前に「子日の日」がなければならないであろう。ところが『日本暦日原典』等では、想定される永承六年正月は癸丑朔なので、その月は最も早い子日でも十二日になってしまう。配列の順序が逆なのである。記録の仕方が完全ではないのだろうか。出羽弁の年間の詠作数は、おそらくもっとずっと多かったであろうから、こうした形でまとめられる際に、なにがしかの選択と、ある種の編集の手が加えられたことは考えられる。あるいはその間にたまたま生じたケアレスミスとでも言うべきものなのであろうか。

永承六年の春から秋までと、家集の内容が時期的に限定されていることも、問題といえば問題であろう。はじめからその間の歌だけが意図して集められたのか、それとももっと長い期間の記録があって、何らかの理由により、永承六年の部分だけが残ったのか、そのあたりのことについてはなお検討の余地がありそうだが、ともかく現存の出羽弁集は、非常に日記的な性格の強い、しかもきわめて短期間の歌だけが集められた、珍しい家集と言えるであろう。

六、中宮出羽弁と斎院出羽

曲折を経た結果、出羽弁による栄花物語続篇作者説は、松村自身の手によって撤回されることになる。その上で、従来同一人物としてまったく疑わずに扱われてきた「中宮出羽弁」なる人物と、歌合にのみ登場する「斎院出羽」なる人物とは、あるいは別人ではないかと松村は想定し、その可能性についての考察も行われた。もちろん決定的に証となる資料があるわけではない。歌合に見える名称の違い、具体的には「中宮出羽弁」と「斎院出羽」、「出羽弁」と「出羽」といったそれぞれの表記が、基本的な、そしてほとんど唯一の手がかりなのである。

本解説の末尾に出羽弁に関する「和歌関係資料」を掲げたが、作品別なので、栄花物語と歌合に絞って年表風に整理してみると、次のとおりになる。〔 〕内は推定年次、末尾の《 》内は栄花物語の巻名あるいは『平安朝歌合大成』の通し番号と、そこでの人名表記とである。

長元六年(一〇三三)　正月　藤原兼房と贈答《殿上の花見　出羽弁》
〔長元七年(一〇三四)　九月〕高陽院にて詠歌《歌合　出羽弁》
長元九年(一〇三六)　五月　後一条院崩、詠歌《著るはわびしと…　出羽弁》
長元九年(一〇三六)　九月　中宮威子崩、詠歌《著るはわびしと…　出羽弁》
長元九年(一〇三六)　十二月　中宮威子崩、詠歌《著るはわびしと…　出羽弁、出羽》
長暦元年(一〇三七)　十二月　章子内親王裳着、東宮妃、詠歌《暮待星　出羽弁》

長暦元年（一〇三七）十二月　章子内親王内裏入り、詠歌《暮待星　出羽弁》
長暦三年（一〇三九）十月　中宮嫄子崩、詠歌《暮待星　出羽弁》
〔長久四年（一〇四三）秋〕藤原経家と連歌《暮待星　出羽弁》
長久四年（一〇四三）十二月　一条院焼亡、高陽院にて詠歌《暮持星　出羽弁》
〔長久五年（一〇四四）五月〕最勝講、詠歌《暮待星　一品宮の出羽、出羽弁、出羽》
〔長久五年（一〇四四）　〕出羽弁の噂、詠歌《暮待星　出羽弁、出羽》
長久五年（一〇四四）九月　東北院の御念仏、詠歌《蜘蛛のふるまひ　出羽弁》
寛徳二年（一〇四五）三月　後朱雀院追悼、詠歌《根合　一品宮の出羽弁》
寛徳二年（一〇四五）十二月　後冷泉帝新造内裏還御、詠歌　《根合　出羽弁》
寛徳三年（一〇四六）二月　太政官朝所焼亡、詠歌《根合　出羽弁》
〔永承三年（一〇四八）春〕鷹司殿倫子百和香歌合《一三四　斎院出羽》
〔永承三、四年　五月〕六条斎院禖子内親王歌合《一三五　出羽弁》
永承四年（一〇四九）十二月　六条斎院禖子内親王歌合《一三七　弁》
永承五年（一〇五〇）二月　六条斎院禖子内親王歌合《一三八　出羽》
〔永承五年（一〇五〇）五月〕六条斎院禖子内親王歌合《一四〇　出羽》
永承五年（一〇五〇）六月　祐子内親王歌合《一四一　出羽弁》
永承六年（一〇五一）正月　六条斎院禖子内親王歌合《一四四　出羽》
天喜三年（一〇五五）五月　六条斎院禖子内親王物語歌合《一六〇　中宮出羽弁》

〔天喜四年（一〇五六）閏三月〕六条斎院禖子内親王歌合《一六一　出羽》
〔天喜四年（一〇五六）五月〕六条斎院禖子内親王歌合《一六五　出羽》
〔天喜四年（一〇五六）七月〕六条斎院禖子内親王歌合《一六六　出羽》
〔天喜三―五年　五月〕六条斎院禖子内親王歌合《一六七　出羽》
〔天喜四年（一〇五七）八月〕六条斎院禖子内親王歌合《一六八　出羽》
〔天喜五年（一〇五八）九月〕六条斎院禖子内親王歌合《一六九　出羽》
〔某年　七月〕六条斎院禖子内親王歌合《一七〇　出羽》
〔某年　五月〕禖子内親王歌合《一八二　出羽》
治暦二年（一〇六六）九月　禖子内親王歌合《一八六　出羽》
治暦四年（一〇六八）十二月　禖子内親王歌合《一八九　出羽》
延久二年（一〇七〇）正月　禖子内親王歌合《一九三　出羽》
承暦二年（一〇七八）十月　禖子内親王歌合《二〇五　出羽》

前半はもっぱら栄花物語が資料で、後半は歌合だけが関係する。出羽弁が栄花物語に登場しなくなった寛徳三年〈永承元年〈一〇四六〉〉を境として、その後は禖子内親王家が活躍の主な舞台となる。しかも禖子内親王が斎院となったのはたまたまその年の三月のことで、歌合には「斎院出羽」なる名称も見えるところから、従来は、前述のごとく章子内親王のもとにそれまで仕えていた出羽弁が出仕先を変え、改めて禖子内親王のもとに仕えるようになったのだと考えたりしたのだが、それも決して無理からぬところがあったのである。ただ「出羽弁」と「出羽」の使

いわけは、たとえば栄花物語、暮待星に、

五日、加賀左衛門、一品宮の出羽に、

袂にはいかでかくらむあやめ草なれたる人の袖ぞゆかしき

と言ひたりければ、出羽弁、

隔てなく知らせやせまし九重のおろかならぬにかくるあやめを

この出羽弁、いとをかしうすき者なるものから、有心なること、「出羽の匂ひにや、宮のやうもことになむある」と、殿上の人々言ひけるを聞きて、

とあるように、また大納言経信集に、

中宮に、出羽弁といひける人に

数知らぬ涙の玉の乱るると袖の氷といづれまされり

返し、出羽

〔歌　欠〕

とあるように、明らかな場合は省略されやすく、同一人に対して同じように「出羽弁」や「出羽」が用いられたりする。ただし単なる「出羽弁」あるいは「出羽」だけではなく、「一品宮の出羽」「中宮出羽弁」「斎院出羽」のように出仕先が頭につくとなると話は別になる。この場合の「一品宮」ないし「中宮」は章子内親王で、「斎院」は禖子内親王であるから、これを信ずると出羽弁あるいは出羽は、寛徳（一〇四四〜六）のころには一品宮章子内親王に仕え、永承（一〇四六〜五三）に入ると斎院禖子内親王に、そして天喜三年（一〇五五）の禖子内親王物語歌合の折にはふたたび章子（そのころは中宮になっていた）のもとに仕えていたということになる。いわゆる出戻りのよ

うなことが女房社会にあり得たのかどうかは寡聞にして知らないが、常識的には不自然の感があるのはまぬがれないであろう。ましてや永承年間は実は出羽弁が中宮章子のもとに仕えていたことが前述のように明らかになっているのだから、倫子百和香歌合に出詠した「斎院出羽」なる人物は別人の可能性が大きいということになってくる。

しかもここに非常に興味深い事実がある。出羽弁集は永承六年の正月から秋までの記録で、歌日記的な性格を持ち、冒頭から19番歌までは里居の生活、20番歌になってはじめて「二月一日、宮にまゐりて」とあり、宮仕えに復帰している旨が記されていることはすでに述べた。その里居の期間はおそらく服喪のためだったろうとも述べた。18番歌の詞書に「和泉の尼上と聞こえつるをば」が亡くなって、忌みに籠もっていた前斎院の君と四十九日のつらい別れをしているからである。ずっとあとの27番の詞書にも「和泉の尼君の折の薄墨」とあり、ちょうどその折経信も「同じほどの服」であったと記されている。そうしてみると、1番の詞書に「行ひに心入りて、正月の一日里なるに」とあるのも、12番の詞書に「この二十日のほどに、経仏供養じたてまつるに」とあるのも、実によくわかる。仏道三昧の生活だったのである。二月一日になって宮に復帰したのは当然忌みが明けたからであろう。

さて問題はその間における出羽弁の行動である。「六条斎院禖子内親王歌合」というのは二十数度の催行が知られているが、永承六年正月八日にも行われていて、題は「滝の音に春を知る」「雨の中の柳」「霞隔つる月」の三つ。「出羽」なる人物はそのいずれにも出詠しているのである。永承五年の前麗景殿女御延子歌絵合の際、延子の父親で、おそらくその絵合の実質的な後見人だったろうと思われる内大臣頼宗は、なぜか「つつませ給ふ御姿」で公的には顔を見せなかったが、それはきっと生母明子の服喪中だったからだと『平安朝歌合大成』では推定されている。こうした例を待つまでもなく、目下服喪中で里下がりをしている人間が、中宮のもとに出仕しないでいて、よその歌合に参加したりするだろうか。当日の作者は、左方が左衛門、宣旨、遠江、武蔵、下野、小馬、式部の七人、右方が宮殿、美作、丹後、出羽、中務、讃岐の六人である。左方は斎院女房をまじえた各宮家女房の混成チーム、右方は宮殿（禖子内親王）をはじめとする斎院関係者だけの単一チーム、といった趣きがあるが、とすると、右方の「出羽」はやはり中宮章子に仕えていた出羽弁ではないことになる。

「中宮出羽弁」と「斎院出羽」は、その呼称のあり方が異なっているだけではなく、おそらく別人なのである。出羽弁巣の主人公と、栄花物語や経信集に見える「出羽弁」ないしは「出羽」は同一人物、また一部の歌合に登場する「出羽弁」も同一人物であろう。これは中宮章子に仕えた人物である。それに対して倫子百和香歌合に見える「斎院出羽」はもちろんのこと、歌合で単に「出羽」とのみ記されているのはおそらく別人で、こちらははじめから斎院禖子内親王に仕えていた人物なのではないだろうか。紛れやすい二人の「出羽」がいるとして、それではなぜ二人が同じ歌合に同時に登場することがなかったのかという問題はしかし残るだろうし、「斎院出羽」の出自等がまったくわからないという別な問題もまた新たに起こってくる。和歌色葉の「皇后宮美作」の項に、「前美作守源資宗女　母出羽弁」とあったり、陽明文庫蔵「後拾遺和歌集」の同じく「皇后宮美作」の作者注記に、「美作守従四位上源資定朝臣女　母斎院出羽弁　季信三女」とあったりするのは、これまでほとんど信憑性のない記述だと思われていたのだが、あるいはもう一人の出羽に関する多少の真実を含んだものなのであろうか。

七、出羽弁の生涯

出羽弁に関する基本的な資料としては、まず尊卑分脈、桓武平氏の流に次頁系図のようにあり、勅撰作者部類に「加賀守平季信女」とあることがよく知られている。父の季信が尊卑分脈にあるように「出羽守」で、勅撰作者部

安和元八廿九卒六十九才
従四下
伊世守
直材

従五下
出羽守
季信

山城越前阿波等守
左衛門権佐
皇太后亮
修理大夫
参木従二

親信
母越後守藤定高女
寛仁元六十出家
同十二日卒

子
羽弁後拾金詞
新勅等作者

類に見える「加賀守」が誤りらしいことは、当時のいくつかの記録類をとおしてもほぼ間違いなく確認できるが、そもそも彼女の女房名そのものが父の官職名によるものと考えていいだろう。「経信卿母集」の群書類従本などに見える後記の記述が正しいとすれば、彼女はまず上東門院彰子のもとに出仕し、やがてその妹君である後一条天皇中宮威子に仕えるようになり、長元九年（一〇三六）に威子が崩ずると、そのまた遺児である一品宮章子内親王に仕えることになったらしい。威子崩御の際の出羽弁の悲しみは大きく、「出羽弁は死ぬべしと人々いとほしがる」（著るはわびしと歎く女房）といった状態であったことはあまりにも有名である。

ところで彼女の誕生はいつごろか。代表的な説としては、与謝野晶子による寛弘五年（一〇〇八）～長和二年（一〇一三）、中山昌による長徳二年（九九六）、萩谷朴による長保三年（一〇〇一）～寛弘四年（一〇〇七）などがある。

与謝野説は、栄花物語、殿上花見に初登場する年を基準にし、そのころを二十歳ぐらいと考える。もっとも解題におけるそのあたりの記述はややあいまいで、

「殿上花見」の巻に初めて出羽の弁の歌が出ているのは長元五年（一〇三二）の記事である。この時出羽の弁は二十歳ぐらいで、中宮威子に仕えていたと想われるから、「煙の後」の巻に書かれた治暦三年（一〇六七）には六十歳になっていたはずである。（『栄華物語』下巻解題）

とする。長元五年（実は六年が正しい）が二十歳なら治暦三年は五十五歳のはずだから、その間に五歳の差が出てし

まい、あまりにも単純なミスに読んでいて混乱してしまうほどだが、前者を基準にするならばその出生は長和二年（一〇一三）、後者を基準にするならば寛弘五年（一〇〇八）ということになろう。

中山説は、大日本史表に「姓欠季信寛弘元年出羽守」とあるのに従い、その他諸種の条件を「綜合」し、「父が寛弘元年出羽守拝命後寛弘末出仕したと考え寛弘五年十三歳位」とした上で推定したもの（「出羽弁考」国文学研究昭和32・2のち『栄花物語研究序編』所収）、萩谷説は御堂関白記、寛弘元年閏九月十一日の条に、「出羽守季信献馬十疋」とあるところから、「恐らくこの時を赴任直後、若しくは解任直前と考えて、長保三年乃至寛弘四年（一〇〇一―一〇〇七）と七年の間にその任期四年を見出だし、その中心の寛弘元年（一〇〇四）に出羽弁が誕生したと仮定すれば」とされた上で、さらに上下に各三年の幅をとったもの（『平安朝歌合大成』一三四）である。

確実な根拠があるわけではもちろんないが、推定の基礎となっているのはいずれにしても彼女自身の出仕時期であり、父親の出羽守赴任時期である。出羽弁が栄花物語にはじめて登場したのが長元六年で間違いないとして、それでは当時彼女は何歳くらいだったのか、また父季信の正確な出羽守赴任はいつごろだったのか、そのあたりが多少なりとも明らかになり、狭められてくれば、彼女の出生年、ひいては年齢なども明らかになってくるはずだと思われる。

「出羽守季信」の名が記録に現われるのは、先述したように御堂関白記、寛弘元年の条がまずあげられるが、そのほかにも権記、長保三年（一〇〇一）九月二十九日の条、ならびに寛弘六年（一〇〇九）十二月二十九日の条などがあげられる。さらに権記では長保二年九月十三日の条に藤原義理が「出羽守義理朝臣」として記されているので、その翌年の九月に季信が出羽守であったというのは、常識的に考えれば季信は長保三年の春の除目に任命されたものと見ることができるだろう。通常ならばそこから萩谷説のように「任期四年を見出だし」、寛弘二年の春までと考えるのが穏当なところであろうが、権記によれば八年を過ぎた寛弘六年の十二月にもなお出羽守在任中なのである。たとえ重任しても寛弘六年の春には任期は終わっているはずである。

実は、出羽守の任期には五年もあり得たのである。仁明天皇の承和二年（八三五）七月三日の日付を持つ「太政官謹奏　諸国守介四年為歴事」なる文書に、「陸奥・出羽・大宰府等」は、「僻在千里、去来多煩」という理由をもって必ずしも任期を四年に限定しない旨が記され（類聚三代格・巻五）、さらに延喜交替式には、

凡国司歴四年為限。但陸奥・出羽両国。大宰府并管内諸国。五年為限。

とあり、はっきり「五年為限」と記されている。長保三年に出羽守に任命されたと考えられる季信は、そうするとおそらく重任した結果、寛弘八年までの十年間は在任した可能性がある。翌長和元年（一〇一二）四月三十日の小右記の記事には単に「季信朝臣」とのみあり、同年閏十月二十三日の御堂関白記の記事には「出羽（守）親平」としてはじめて別人の出羽守が登場しているから、右の推測は決して大きな誤りをおかしてはいないと思われる。ただし基本となる権記の記事には問題がある。巻末年表にも記したように、寛弘六年十二月二十九日の記事は実は史料大成本では「出羽守季信」とあるのに、史料纂集本では「出羽前守季信」とあるからである。もし史料纂集本が正しいとすれば、寛弘六年の時点ではすでに出羽守を退任していることになるが、いずれにしても長保から寛弘にかけて出羽守であったことは間違いないのである。

ところでその時季信は果たして何歳ぐらいであったのだろうか。彼自身についてはどこにも享年に記されていないが、前述の尊卑分脈で弟の位置に記される親信には「寛仁元六十出家　同十二日卒」の注があり、公卿補任によると享年七十三、日本紀略によると七十二歳であることがわかる。従って季信の出羽守当時、親信は五十七（五十六）歳から六十七（六十六）歳までということになり、そこを根拠にすると季信の年齢もほぼ想像がつくのである。

ただ問題なのは季信と親信との関係である。尊卑分脈では季信の方が兄に見えるが、小右記、長和四年十月十二日の条には「前大弐使弟季信朝臣」と見え、前後の状況から判断すると「前大弐」はあきらかに親信を指すから、季信はその弟となる。しかしどちらにしても出羽守当時の季信は五・六十歳代にはなっていたと考えるのが自然であろう。彼らの父直材は、尊卑分脈の注記によれば没年は安和元年（九六八）八月二十九日で、時に「六十九才」、それに従えば親信は直材四十六歳の時の子となり、比較的遅い生まれで、季信が親信の弟としても年齢が甚だしく離れているとは考えにくいからである。とすると、常識的には季信の出羽守当時にはすでに出羽弁は生まれていて、もしかしたら出仕できるような年齢にさえ近づいていたかもしれないのである。父親の出羽守在任中ないしはそれ以後の誕生とする考え方はなかなかとりにくいことになる。

従来の考え方でも、最も早い誕生は中山説で、前記のように長徳二年である。親信の年齢はその時五十一・二歳、季信は少なくとも四十代の後半にはなっていたであろう。父親の年齢としては決して早いとは言えないが、もし与謝野説や萩谷説をとるとするなら、さらに遅く、弁が生まれた時には五十歳から六十歳は越えてしまっていることになる。かなり不自然だというべきではなかろうか。

ただし問題はある。たとえば源経信との関係である。両者のかかわりは深く、出羽弁集の中にも二人によって交わされた哀傷の贈答があるが、同じ歌は大納言経信集にもあり、そのほかにも多くの贈答歌が経信集その他に残されている。

雪のあしたに出羽弁がもとより帰り侍りけるに、送りて侍りける

出羽弁

送りては帰れと思ひしたましひのゆきさすらひてけさはなきかな

返し　　　　　　　　　　　　　　　　大納言経信

冬のよの雪げの空に出でしかどかげよりほかに送りやはせし

右は金葉集・恋下（四七三・四七四）に見える歌である。もちろん経信集にも見える。内容は部立名を見るまでもなく、一見して恋の歌とわかるが、二人はそうした関係に本当にあったのかどうか。従来はこの問題を念頭に出来るだけ出羽弁の年齢を引き下げる方向で考えられてきたのだが、経信の生まれは長和五年（一〇一六）である。どんなに引き下げても出羽弁の年長は動かない。中山説によるなら二十歳も年長ということになる。金葉集の撰者源俊頼は周知のように経信男だが、これは歌の内容が恋部に属しているというだけであって、実際の恋愛関係にあったと認めているわけではないのだろう。

また後一条天皇との関係も最近加藤静子によって提出されている。栄花物語、著るはわびしと歎く女房に見える、後一条天皇の葬送の夜の歌、

かけまくも思ひそめてし君なれば今も雲居を仰ぎてぞ見る

は、その表現内容から、彼女が天皇の愛人であったと考えると非常にわかりやすいというのである。宇多天皇の寵愛を受けた伊勢御の歌を彼女がしばしば踏まえた表現をとっているのも、その立場が似ているからだとしており、天皇と女房との関係はいかにもあり得る話で、興味深い。ただし前提として彼女の年齢をかなり若く見積もっており、その点は大いに問題である。出羽弁集によって書きとどめられた永承六年当時、中山説によるなら弁は五十六歳、萩谷説なら五十歳ごろ、与謝野説では四十歳前後となる。「ながらふるわが身ぞつらき……」（1番）と言っている弁にしてみれば、もちろん年齢が高いほど実感の籠もった表現ということになろうが、推定される父親の年齢からいっても、少なくとも基本的には中山説を中心に考えるべきであろうと私は思っている。

為仲集Ⅰの五六・五七番歌に、

中宮のいでは弁の尼になりたる秋、九月つごもりの日、送る

今はとて世をそむきぬる心にも惜しみやすらん秋の過ぐるを

返し

常よりもあはれ添ひてぞ惜しまるる契り異なる秋と思へば

という贈答がある。「中宮のいでは弁」と言っているので、間違いなく章子に仕えていた出羽弁である。為仲集では章子は「中宮」、寛子は「宮」と完全に使い分けがされているからである。その「中宮のいでは弁」が尼になった。為仲集所収歌の詠作年次はほぼ永承から治暦の間とされ、具体的な年次を特定することは出来ないものの、家集の成立からそう遠くない時期に出家したと考えてもいいのではないか。

明らかに自撰と思われる家集の存在、相模らに褒められたとする「大宮殿のことども」(83番)に関する文章、何よりも天喜三年(一〇五五)の有名な物語歌合には「あらば逢ふ夜のと歎く民部卿」(散逸)という作品を提出している。彼女の文才に対する評価は間違いなく高かったと考えていいのだろう。現存している家集が永承六年だけ、しかも正月からはじまり、九月で終わっているのはなぜなのか。本来はもっとずっとつづいていたものなのか。疑問はまだまだ残るが、消滅した作者説とは関係なく、彼女の書いたものが栄花物語続編の資料として用いられた可能性は、依然として強いものがあると考えられる。

参考文献

〔研究書・影印本〕

土肥経平『栄花物語目録年立』（延享元（一七四四））
樋口宗武『契沖　百人一首改観抄追考』（延享5（一七四八））
土肥経平『春湊浪話』（安永4（一七七五））
与謝野晶子『日本古典全集　栄花物語　下巻』解題（大正15）
松村博司『栄花物語の研究』刀江書院（昭和32）
同　『栄花物語の研究　第三』桜楓社（昭和42）
同　『栄花物語全注釈　全八巻・別巻』角川書店（昭和44～57）
同　『歴史物語考その他』右文書院（昭和54）
同　『歴史物語研究余滴』和泉選書（昭和57）
中山　昌『栄花物語研究序編』教育出版センター（昭和61）
冷泉家時雨亭叢書『平安私家集　二』朝日新聞社（平成6）
萩谷　朴『平安朝歌合大成二・三』（新版）（平成7～8）

〔論文〕

中山　昌「栄花物語における出羽弁」平安朝文学研究（昭和31・12）
同　「出羽弁」国文学（昭和34・2）
岩野祐吉「出羽の弁作者説を疑う」平安文学研究（昭和36・6）

保坂　都「桂宮本出羽弁集の価値」学苑（昭和38・6）
枝松睦子「出羽弁集の一考察―栄花物語続篇作者問題に関連して―」国文（昭和44・3）
野村一三「寝覚物語と出羽弁」平安文学研究（昭和46・6）
同　「出羽弁覚書」平安文学研究（昭和53・6）
都築仁子「出羽弁集と「行ひ」」平安文学研究（昭和51・6）
同　「「出羽弁集」について―その文芸的特質の一考察―」新樹（昭和53・2）
同　「六条斎院禖子サロンと出羽弁」中古文学（昭和56・5）
斎藤熙子「「出羽弁集」について」和歌史研究会会報（昭和52・5）
久保木哲夫「出羽弁集考」講座平安文学論究（『平安時代私家集の研究』所収）（昭和59・9）
同　「出羽弁に関する二・三の問題」玉藻（フェリス女学院大）（平成元・3）
同　「誤写と本文の整定―出羽弁集の場合を中心に―」国文学言語と文芸（平成22・2）
久下裕利「民部卿について―王朝物語官名形象論」古代中世文学論考（平成11・6）
加藤静子「「かけまくも思ひそめてし君なれば…」―『栄花物語』続編の出羽弁」王朝女流文学の新展望（平成15・5）

出羽弁集関係系図

ゴチックは家集登場人物

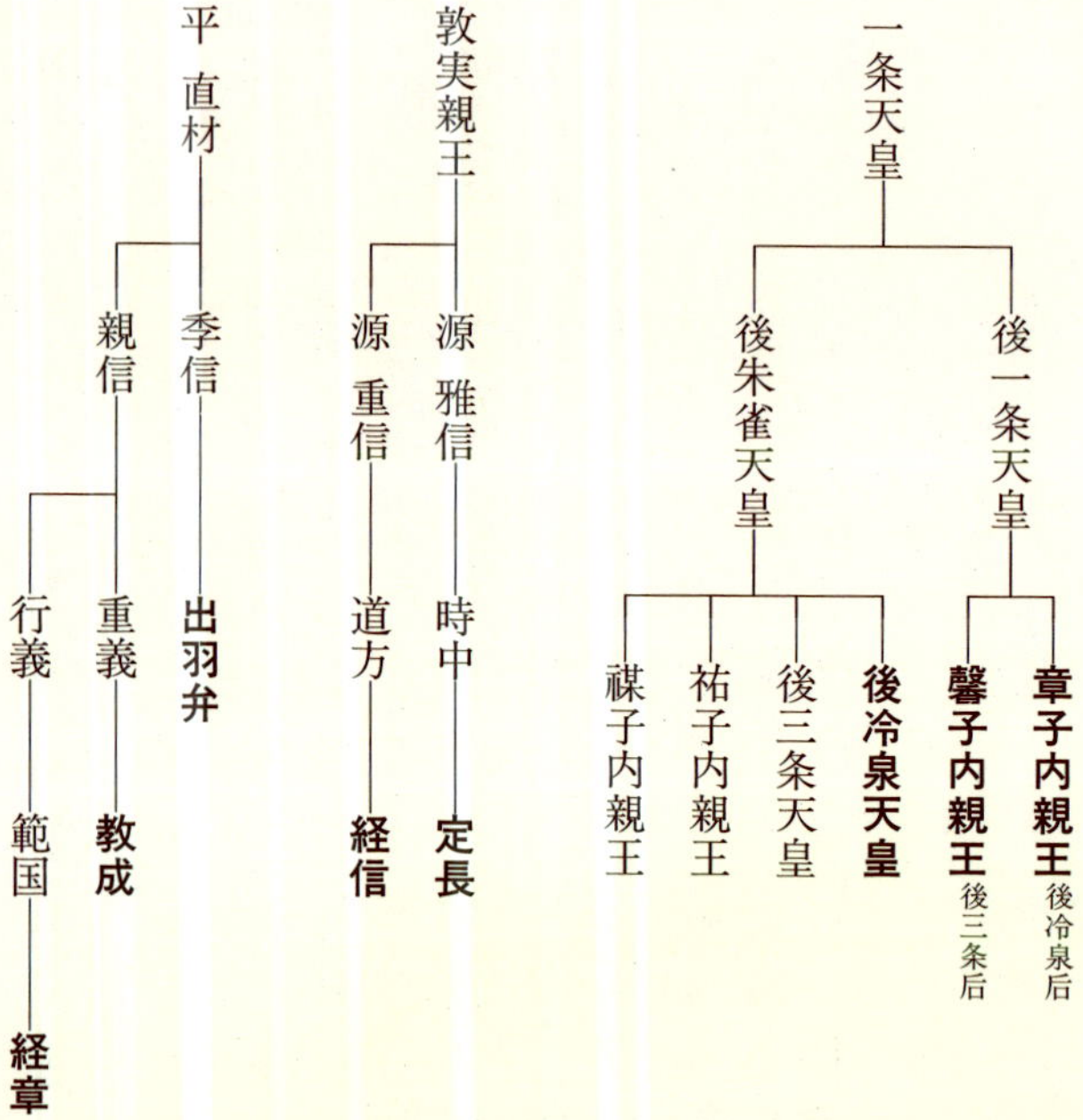

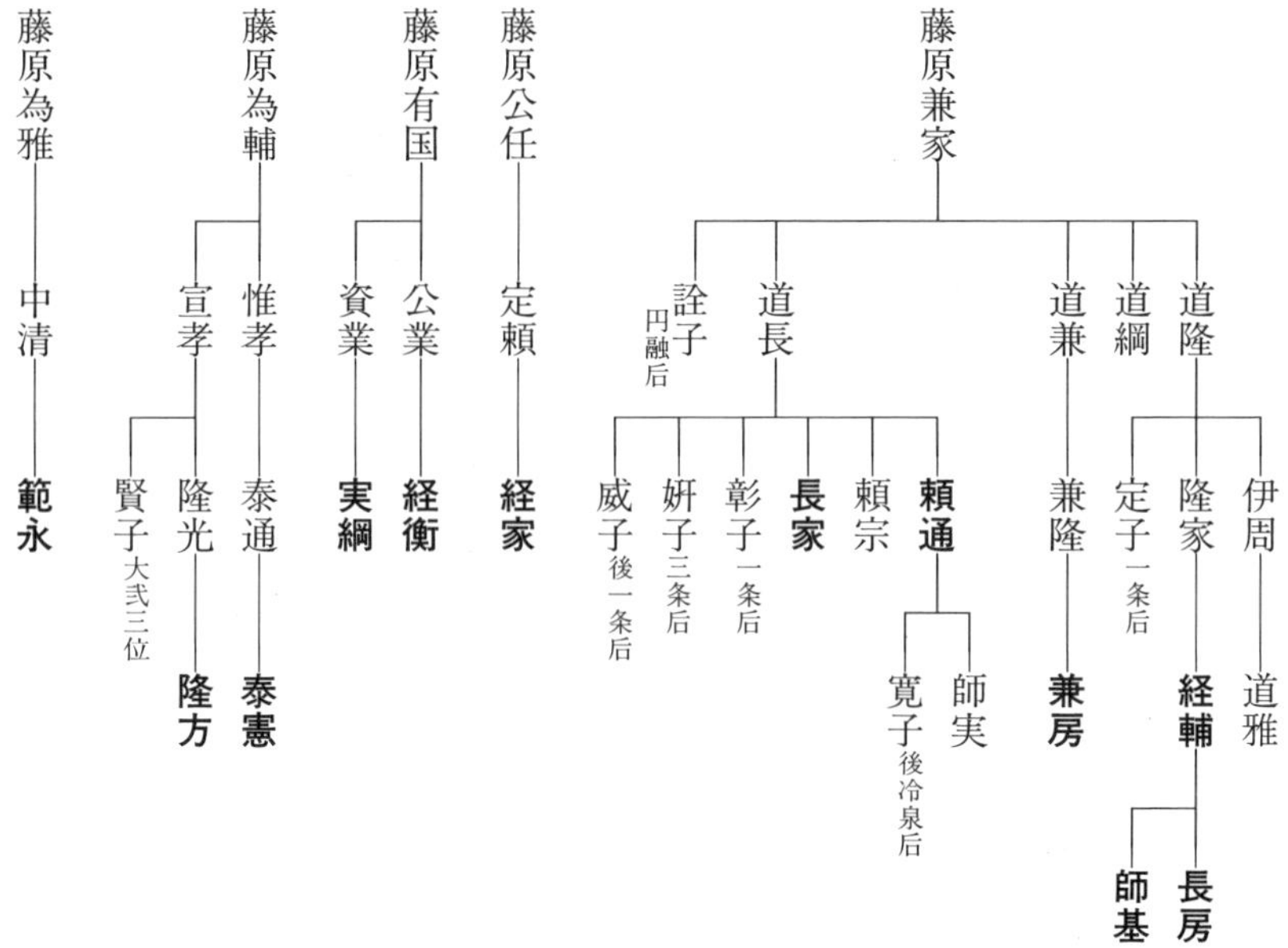
藤原兼家
道隆
道綱
道兼
道長
詮子 円融后
伊周
隆家
定子 一条后
道雅
経輔
長房
師基
兼隆
兼房
頼通
頼宗
長家
彰子 一条后
妍子 三条后
威子 後一条后
師実
寛子 後冷泉后
藤原公任
定頼
経家
藤原有国
公業
資業
経衡
実綱
藤原為輔
惟孝
宣孝
泰通
泰憲
隆光
隆方
賢子 大弐三位
藤原為雅
中清
範永

出羽弁和歌関係資料

一、本資料は、作者名、あるいは詞書中に、「いでは」「出羽」「出羽弁」などとある和歌を集成したものである。
二、集成資料は、原則として次の本文によった。
　勅撰集、私撰集等…『新編国歌大観』
　歌合…………………『平安朝歌合大成』
　私家集………………『新編私家集大成』
　歌論書………………『日本歌学大系』
　栄花物語……………『新編古典文学全集』
　今鏡…………………『講談社学術文庫　今鏡』
三、表示は読みやすいことを旨とし、適宜、仮名を漢字に改め、読点や濁点を施し、仮名遣いを訂した。
四、『新編国歌大観』や『新編私家集大成』による歌番号は和数字で末尾に（　）をもって示し、本資料における通し番号（ただし作者を「出羽」とするもののみ）は洋数字で歌頭に示した。
五、もっとも、同じように「いでは」あるいは「出羽」とあっても、解説に述べたようにすべてを同一人物とは認めがたいので、本集の主人公である出羽弁と明らかに異なると思われるものについては×を、問題がある、あるいは確実でないと思われるものについては△を、それぞれ洋数字の下に付した。
六、洋数字を施した歌が重複している場合、それぞれの歌番号や所在を下欄にゴチックで示した。

後拾遺集

1　世尊寺の桃の花をよみはべりける　出羽弁
ふるさとの花のものいふ世なりせばいかに昔のことをとはまし（春下・一三〇）

十二月の晦ごろ、備前国より出羽弁がもとにつかはしける　源為善朝臣
都へは年とともにぞかへるべきやがて春をもむかへがてらに（冬・四二四）

出羽弁が親におくれてはべりけるに、聞きて、身をつめばいとあはれなること、などいひつかはすとてよみはべりける　前大納言隆国
思ふらん別れし人の悲しさは今日まで経べきここちやはせし（哀傷・五五六）

かへし　出羽弁
2　悲しさのたぐひに何を思はまし別れを知れる君なかりせば（五五七）

菩提樹院に後一条院の御影を描きたるを見て、見なれ申しけることなど思ひいでてよみ侍りける　出羽弁
3　△いかにして写しとめけむ雲居にてあかず別れし月の光を（哀傷・五九三）

93

126・栄花、紫野（中納言）

後冷泉院、みこの宮と申しける時、二条院はじめてまゐらせたまひけるを、見たてまつることやありけむ、よみ侍りける
出羽弁

4 春ごとの子の日はおほく過ぎつれどかかる二葉の松は見ざりき（雑五・一〇九九）

二条院、東宮にまゐり給ひて藤壺におはしましけるに、前中宮のこの藤壺におはせしことなど思ひいづる人など侍りければ
大弐三位

忍び音の涙なかけそかくばかりせばしと思ふころのたもとに（雑五・一一〇〇）

かへし
出羽弁

5 春の日にかへらざりせばいにしへのたもとながらや朽ちはてなまし（一一〇一）

後冷泉院、みこの宮と申しける時、上のをのこども一品宮の女房ともろともに桜の花をもてあそびけるに、故中宮のいではも侍りと聞きてつかはしける
源為善朝臣

はなざかりはるのみやまのあけぼのに思ひわするなあきのゆふぐれ（雑五・一一〇二）

金葉集　二度本

雪のあしたに、出羽弁がもとより帰り侍りけるに、送りて侍りける
出羽弁

6 送りては帰れと思ひしたましひのゆきさすらひて今朝はなきかな（恋下・四七三）

返し　大納言経信

冬の夜の雪げの空に出でしかど影よりほかに送りやはせし（四七四）

兼房朝臣、重服になりて籠もりゐたりけるに、出羽弁がもとよりとぶらひたりけるを、返しせよと申しければよめる　橘元任

かなしさのそのゆふぐれのままならばありへて人にとはれましやは（雑下・六二四）

8・68・74・88

金葉集　三奏本

もの思ひ侍りける時よめる　出羽弁

7 忍ぶるも苦しかりけり数ならぬ人は涙のなからましかば（恋・四一九）

10・20

雪のあしたに出羽弁がもとより帰りけるに、これより送りて侍りける　出羽弁

8 送りては帰れと思ひしたましひのゆきさすらひて今朝はなきかな（恋・四六七）

返事　大納言経信

冬の夜の雪げの空に出でしかど影よりほかに送りやはせし（四六八）

兼房朝臣、重服になりて籠もりゐて侍りけるに、出羽弁がもと

6・68・74・88

よりとぶらひたりけるを、返しせよと申しければよめる

橘元任

かなしさのそのゆふぐれのままならばありへて人にとはれましやは（雑下・六一六）

詞花集

永承五年一宮の歌合によめる　　出羽弁

9　聞く人のなどやすからぬ鹿の音はわがつまをこそ恋ひてなくらめ（秋・一二四）　37

忍びにもの思ひけるころよめる　　出羽弁

10　忍ぶるも苦しかりけり数ならぬ身には涙のなからましかば（雑上・三三五）　7・20

新勅撰集

後一条院のきさいの宮かくれさせ給ひにける年の暮、かの宮に
まゐりてよみ侍りける　　権大納言長家

春立つと聞くにもものの悲しきは今年のこぞになればなりけり（雑三・一二一四）

返し　　出羽弁

11　あたらしき年に添へても変らねば恋ふる心ぞ形見なりける（一二一五）　109

玉葉集

禖子内親王家庚申の歌合に若草を　　出羽

12△雪まぜにむらむらみえし若草のなべて翠になりにけるかな（春上・一六）　21・26・45

後冷泉院位につかせ給ひにける年の三月、南殿の桜の盛りなる
を見てよみ侍りける　出羽弁

13 風吹けど枝もならさぬ君が世に花のときはをはじめてしかな（賀・一〇五五）　122

後朱雀院の御時、中宮かくれさせ給ひにける御忌みの比、時雨
のしける日、彼宮にさしおかせ侍りける　出羽弁

14 まして人いかなる事を思ふらん時雨だに知る今日のあはれを（雑四・二三三九）　116

後一条院中宮かくれさせ給ひにける比、限りなく悲しき宮のう
ちのありさま、七条后うせ給ひてあれのみまさるといひけんも
思ひいでられて、中宮亮兼房朝臣に申しつかはしける　出羽弁

15 目のまへにかく荒れはつる伊勢の海をよそのなぎさと思ひけるかな（雑四・二三六四）　101

返し　藤原兼房朝臣

いにしへの海人のすみけん伊勢の海もかかるなぎさはあらじとぞ思ふ（二三六五）

続後拾遺集

久しくおとづれざりける人に春の比つかはしける

16 ながらふる我が身ぞつらきさりともと憑みし人もとはぬ春まで（雑中・一一〇〇）

出羽弁

出羽弁集1

新千載集

うちにて月を見て、人のもとにいひつかはしける

17 雲居にて眺むと思へど我が袖にやどれる月を君や見るらん（恋一・一一四五）

出羽弁

23・63

新拾遺集

大納言経信、服に侍りける又の年申しつかはしける

18 恋しさや立ちまさるらむ霞さへ別れし年を隔てはつれば（哀傷・八九九）

出羽弁

返事

別れにし年をば霞隔つれど袖の氷はとけずぞありける（九〇〇）

大納言経信

69・73・92

新続古今集

年ふりたる松の蔭にゐて、泉の水の涼しきをむすびて

19 えに深き泉の水はありながらむすばぬ夏のいかで過ぎけん（雑上・一六八五）

出羽弁

出羽弁集70

玄玄集

弁一首　一品宮の出羽

20　忍ぶるも苦しかりけり数ならぬ人は涙のなからましかば（一六二）　7・10

万代集

禖子内親王家庚申歌合に、若草を　出羽

21　△雪間わけむらむら見えし若草のなべて緑になりにけるかな（春上・一六五）　12・26・45

（題しらず）　出羽弁

22　山桜春の霞の立ちしより花に心をやらぬ日ぞなき（春上・二二七）　35

内裏にて月を見て、人のもとにいひつかはしける　出羽弁

23　雲居にて眺むと思へどわが袖にやどれる月を君も見るらむ（雑二・二九七六）　17・63

夫木抄

家集、正月七日小松につけて経信卿のもとへ　出羽弁

24　あをむまをまづ引く物と思ふまに忘れやすらん今日の子の日は（春一・二九六）　67・70

返事　大納言経信卿

白馬を引くにつけても子の日する野べの小松を忘れやはする（二九七）

秋風集

大宰権帥経信がりいひつかはしける　出羽弁

25　思ひつつ冬の夜ながく明かせどもとけぬは袖の氷なりけり（恋上・七四三）　**71・86**

題林愚抄

若草　玉　出羽

26△雪まぜにむらむら見えし若草のなべて緑になりにけるかな（春二・六六八）　**12・21・45**

〔永承三年〕春　鷹司殿倫子百和香歌合

六番　菫　左　参議(ママ)出羽

27×野辺に出でて見るはあかぬにもろともにやがて菫の花ぞつみける（一一）

右　良暹

春霞野辺に立ち出でて君がため法のかたみに菫をぞつむ（一二）

七番　左　斎院出羽

28×君が代にいくたび折らむ三千歳の春を数へて咲く桃の花（一三）

右　相模

君が代の三千歳に咲く桃の花ももちの色をつみぞかさねむ（一四）

〔永承三―四年五月〕六条斎院禖子内親王歌合

祝　左ぢ　いでは弁

29 なにといへどかぞへばたらじ君が代のためしにとらむもののなきかな（一一）

右　こしきぶ

君にこそいまは譲らめ昔よりなに高砂の松の齢は（一二）

永承四年十二月二日庚申　六条斎院禖子内親王歌合

雪　左かつ　さいも

たづね来る人もありやと待つべきを道見えぬまで雪降りにけり（五）

右　弁

30 △しめのうちの雪は山とも積もらなむ消えぬためしに人のひくべく（六）

氷　左かつ　左門

鳰鳥の羽風に波の音せぬは池の氷のひまやなからむ（九）

右　弁

31 △群鳥のたちゐもあらき水の面にひまなく見ゆる朝氷かな（一〇）

永承五年二月三日庚申　六条斎院禖子内親王歌合

鶯　左かつ　いでは

32△今朝鳴くはいづれの山のうぐひすぞ聞き知らぬまでめづらしきかな（三）

右　こま

うぐひすの声絶えず鳴く山里に春は心をやらぬ日ぞなき（四）

桜　左かつ　さぬき

木のもとに行きてを折らむ春のうちはみやま桜もよそにては見じ（一三）

右　いでは

33△かばかりの匂ひはあらじ桜花吉野の山に峰つづくとも（一四）

永承〔五年〕五月五日　六条斎院禖子内親王歌合

左　いでは

34△ひきかけぬつましなければあやめ草底深き根をなほぞたづぬる（三）

右かつ　みまさか

淀野にはのこりもあらじあやめ草かからぬ軒のつましなければ（四）

永承五年六月五日庚申　祐子内親王歌合

四番　左勝　出羽弁

35　桜咲く春の霞の立ちしより花に心をやらぬ日ぞなき（七）

右　大膳大夫範永朝臣

咲けばなほ来て見るべきは霞立つみかさの山の桜なりけり（八）

36 十番　左持　出羽弁
五月雨に濡れて来鳴くはほととぎす初声よりもあはれとぞ聞く（一九）
右　大膳大夫範永朝臣
初声を聞きそめしよりほととぎすならしの岡に幾夜来ぬらむ（二〇）

37 十六番　左　出羽弁
聞く人のなぞ安からぬ鹿の音はわがつまをこそ恋ひて鳴くらめ（三一）
右勝　大膳大夫範永朝臣
嵐吹く山の尾上にすむ鹿はもみぢの錦着てや臥すらむ（三二）

永承六年正月八日庚申　六条斎院禖子内親王歌合

左ぢ　むさし
うちとくる滝の声にや山深きをちの里人春を知るらむ（七）
右　いでは
38 ×氷とけ水上早き滝の音に春来にけりとまづぞ知らるる（八）
左　むさし
青柳の糸のみどりも春雨の降るごとにこそ色まさりけれ（二一）
右　いでは
39 ×春雨に柳の糸の乱るるはつらぬきとめぬ玉かとぞ見る（二二）

左ぢ　　　　　　　　　　　　　　　　　　　　むさし

おぼつかな見る空ぞなき春の夜の霞隔つる月の光は（三五）

右　　　　　　　　　　　　　　　　　　　　　いでは

40×おぼつかな春霞のみ隔つればさやかに月の桂をぞ見ぬ（三六）

天喜三年五月三日庚申　六条斎院禖子内親王物語歌合

あらば逢ふ夜のと歎く民部卿　左　　　　　　いでは弁

41 常よりも濡れそふ袖はほととぎす鳴き渡る音のかかるなりけり（九）

あやめうらやむ中納言　　　右　　　　　　　　さぬき

あやめ草なべてのつまと見るよりは淀野に残る音をたづねばや（一〇）

岩垣沼のがり　　　　　　　　　　　　　　中宮のいでは弁

42 五月闇おぼつかなきにまぎれぬは花橘の薫りなりけり（一九）

返し

橘の薫り過ぐさずほととぎすおとなふ声を聞くぞうれしき（二〇）

又

ひき過ぐし岩垣沼のあやめ草思ひ知らずも今日にあふかな（二一）

返し

43 君をこそ光とおふにあやめ草ひきのこす根をかけずもあらなむ（二二）

〔天喜四年閏三月〕　六条斎院禖子内親王歌合

つつじ　左　　しもつけ

咲きぬればをちの山辺の岩つつじゆきかふ人のかざしとぞなる（七）

右かつ　　いでは

44△薄く濃く野も狭に咲ける岩つつじ春の錦と見えわたるかな（八）

若草　左　　左衛門

浅緑むらむら見えし若草の春とともにぞ深くなりゆく（一一）

右　　いでは

45△雪間分けむらむら見えし若草のなべて緑になりにけるかな（一二）

〔天喜四年五月〕　六条斎院禖子内親王歌合

左ぢ　　いでは

46△早苗とる田子の衣も干しわびぬあ（ママ）あまりつづけるころのながめに（五）

右　　たばたご

五月雨の数かさなれば水早み芦の下根も浮きやしぬらん（六）

〔天喜四年七月〕　六条斎院禖子内親王歌合

六月祓　左かつ　　いでは

12・21・26

47△思ふこと祓へて流す水早みうれしき瀬にもあへる宵かな（一）

右　　たばたご

秋風のたちそふ風の瀬を早み祓ふることを神もきかなむ（二）

祝　左　　こま

住吉の岸に波寄る松ごとに祈りぞかくる君が千歳を（一三）

右　恋　　いでは

48△あはれともかけぬ君ゆゑうちかへし涙に袖ぞ朽ちはてにける（一四）

〔天喜三―五年五月〕　六条斎院禖子内親王歌合

左　　いでは

49△夕まぐれ草葉にまがふほたるをば露のみがける玉かとぞみる（一五）

右かつ　　せじ

草むらにほたる乱るる夕ぐれは露の光ぞ分かれざりける（一六）

〔天喜四年〕八月　六条斎院禖子内親王歌合

鈴虫　左かつ　　いでは

50△ふりたてて鳴く鈴虫の声ごとにまどろまぬかな秋の夜な夜な（一）

右　　むさし

しをれゆく花を見つつも鈴虫の声ふりたてて惜しむなるかな（二）

雁　　左かつ　　いでは

51△帰りにし春のつらさも忘られて秋のあはれを添ふる初雁（一一）

右　　たばたご

初雁の旅の空なる声すなり幾雲路をか分けて来つらん（一二）

月　　左　　いでは

52△およびなき心も空にすむものは隈なく照らす秋の月影（二一）

右かつ　　たご

夜もすがら眺め明かさんさやかなる月につけてぞ秋も待たれし（二二）

〔天喜五年〕九月十三日　六条斎院禖子内親王歌合

左　　いでは

53△長月の長き夜照らす月を見てまだ暮れぬ日と思ひけるかな（七）

右　　たご

あかねさす光りとぞ見る名に高き月はまことに今宵なりけり（八）

〔某年立秋日〕六条斎院禖子内親王歌合

左　　いでは

54△風の音ぞしるく聞こゆる夕まぐれ今日立ちかはる秋のはじめと（七）

右　　さいも

初秋の立つしるしにや吹く風の今朝はひとへに涼しかるらん（八）

〔某年五月五日〕禖子内親王歌合

八番　ともし　左　いでは

55△奥山の鹿のたちどをたづぬとてともしにのみもいる心かな（一五）

右　みまさか

ともしせぬ木陰なければをぐら山立ちかくれける鹿ぞかひなき（一六）

十二番　かやり火　左　いでは

56△たれかかくつけばおきけむ夏来ればまづ下燃ゆる宿の蚊遣火（二三）

右　せじ

すくも掻きおのれふすぶる蚊遣火の煙にむせぶ賤の男やなぞ（二四）

治暦二年九月九日庚申　禖子内親王歌合

四番　左　いでは

57△植うるよりしるくぞ見ゆる白菊の久しかるべき花のにほひは（七）

右　さいも

長月の長きためしの菊の上に心しておけ夜半の初霜（八）

治暦四年十二月廿二日庚申　禖子内親王歌合

一番　月光似氷　左　　出羽

58△天の原水底かけて照らすかな池の氷にやどる月影（一）

右　　みやどの

冬の夜の氷にやどる月見れば光もさゆる心ちこそすれ（二）

延久二年正月廿八日庚申　禖子内親王歌合

二番　家梅始開　左　　せじ殿

59△春待ちしかひもあるかないつしかとわが花園のむめ咲きにけり（三）

右　　出羽

咲きそめて宿を匂はすむめの花たれか立ち枝を折りに来ざらむ（四）

六番　池氷一倍残　左　　讃岐

春風やまだうちとけて吹かざらむうすく氷の池に残れる（一一）

右　　出羽

60△曇りなき春の鏡と見ゆるかな一重残れる池の氷は（一二）

承暦二年十月十九日庚申　禖子内親王歌合

三番　左　　出羽

61△網代木にひをのよる〳〵よくみればたつ白波にことならぬかな（五）

右　丹波

河霧のたちぬるときは網代木にひをのよるべもみえず有りける（六）

八番　左　出羽

62△冬の夜は峰の嵐のはげしきに麓の里もいやは寝らるる（一五）

右　丹後

賤の男の杉の板屋ものこりなく夜の嵐に消ゆるなるかな（一六）

範永集

月を眺めて、相模がもとにいひける

見る人の袖をぞしぼる秋の夜は月にいかなる影か添ふらん（一四四）

かへし、相模

身に添へる影とこそ見れ秋の月袖にうつらぬ折しなければ（一四五）

出羽弁

63 雲居にて眺むと思へどわが袖にやどれる月を君も見るらん（一四六）

承空本　範永集

月いづるといるといづれみるにまされりといひにやりたりしに、

一品宮のいではの君がいひたり

17・23

64 いづるよりみるだにあかぬ月かげのいりをばなにゝたとへてかいふ（四九）

返し

月かげのいるをまさるとみてければきみがこゝろのうちはしられぬ（五〇）

大弐三位集（端白切）

故院の東宮とまうししをり、一品宮まいらせたまへりしころ、出羽弁、忍び音なん泣かるゝ、とありしかば

忍び音の涙なかけそかくばかり狭しと思ふころのたもとに（三四）

うちにまいらせたまて、藤壺におはしましに、いでは、藤の盛りなるをおこせて

為仲集Ⅰ

殿の歌合の後朝の暁に、歌合の歌を書きて、中宮のいでは弁のもとへやるとて

五月闇くらべて見つる言の葉をつきなき人ぞまづ散らしける（六）

中宮のいでは弁の尼になりたる秋、九月つごもりの日、送る

今はとて世をそむきぬる心にも惜しみやすらん秋の過ぐるを（五六）

返し

65 常よりもあはれ添ひてぞ惜しまるる契り異なる秋と思へば（五七）

中宮のいでは弁なむ八講行なふと聞きて、さるべき人〴〵の聞かせんとて行きたりしかば、こと人の同じところにやどりてしれば、聞きたがへて、とて帰りにし後の日、言ひ送りたりし
うれしくもひきつれたりし綱手かなのりたがへたる舟と聞きしを（六六）

返し

66 君によりわきし心や濁りけん思へばおなじのりの流れを（六七）

経信集I

正月七日、小松につけて経信卿のもとへ　出羽弁

67 白馬をまづ引く物と思ふには忘れやすらん今日の子の日を（八）

返し

白馬を引くにつけても子の日する野辺の小松を忘れやはする（九）

24・70

雪のあした、出羽弁がもとより帰り侍りけるに、是より送りて侍りける　出羽弁

68 送りては帰れと思ひし魂のゆきさすらひてけさはなき哉（九八）

返し

冬の夜の雪気の空に出でしかど影より外に送りやはせし（九九）

6・8・74・88

大納言経信、服に侍りけるまたの年、申しつかはしける

69 恋しさや立ちまさるらむ霞さへ別れし年を隔てはつれば（一二一） 出羽弁 18・73・92

返し

別れにし年をば霞隔つれど袖の氷はとけずぞ有りける（一二二）

経信集Ⅱ

正月十日、子の日の日 いでは

70 あおのむまをまづ引くものと思ふ間に忘れやすらむ今日の子の日を（五） 24・67

とて、小松につけたりし返し

あおのむまを引くにつけても子の日する野辺の小松を忘れやはする（六）

中宮のいではに

数知らぬ涙の玉の乱るると袖の氷といづれまされり（一二八）

伊勢の海の玉藻を何にかけつらんみるめをとこそ言ふべかりけれ（一二九）

返し

71 思ひつつ冬の夜深く明かせどもとけぬは袖の氷なりけり（一三〇） 25・86

又

冬の夜の氷はさもやとけざらん思ひもよらぬ袖の下水（一三一）

年経たる恋、といふ題を、大殿にて

逢ふことをいつともなくてあはれわが知らぬ命に年を経るかな（一四三）

いでは

72
恨みしに思ひえざりき音に聞くけしきの森を見たる人とは（一四四）

返し

おのづからしぐるるものと知らずやは忘れ〳〵ぬけしきけしきを（一四五）

87

服にものしたまふまたの年、おとづれきこゆるついでに

いでは

73
恋しさや立ちまさるらむ霞さへ別れし年を隔てはつれば（一五五）

返し

別れにし年をば霞隔つれど袖の氷はとけずぞありける（一五六）

18・69・92

雪の降りし折、物語などしてのつとめて、言ひおこせたりし

いでは

74
送りては帰れと思ひし魂のゆきさそはへてけさもなきかな（一七一）

返し

冬の夜の雪げの空に出でしかど影よりほかに送りやはせし（一七二）

6・8・68・88

備前の守の忌みのころ、つれ〴〵にて籠もりゐたるなむわりなき、慰みぬべからんこと、こまやかに書きつづけておこせよと、

いでやもの狂ほし、何事をかなどぞのたまはんかし、などのたまはせたる返り事に、などてか、さあやにくにはきこえさせむに、め(ママ)こともある事も、ゆかしとあらんことをこそはきこえさせめ、いづれをか、と書きてのち、日ごろ過ぎて、いかになど聞こゆとて　いでは

75 藻塩草契りたがへずかきやれど見るかひなみの口惜しきかな（二一一）　90

返し

白波のうきよにかへる藻塩草見るかひあれど袖ぞ濡れぬる（二一二）

馬づかさにげす男のあしき事ありて、かみに騒がれて、例ならぬことあるを、これ申し許せといふを、うるさけれど、えさらぬ者のゆかりにて、かくなんと聞こえたるに、許したまうて、さき〴〵もかかる者ありしかば、この男のついでにもあしき者と聞きたまふらん、恥づかしく、とありしかば、おほむ心のほどはさらずとてもとて　いでは

76 春霞まづひきわたすあをのむまめあしげなりとはたれか見ざらん（二一三）　91

返し

あしげなる君を心になしたらばまづはそれをやひきわたすべき（二一四）

いでは

77 こなたにはかくたなびかぬ雲の上にたちのぼれども何思ひけん（二一五）　82

返し

思ひつつなほ眺めなん雲の上のそなたになびく風のけしきを（二一六）

出羽

78 薄墨の袖をかけてややみなましわれをも人のとはぬならひに（二一七） 83・出羽弁集27

返し

とはずとも恨みざらなんなか〳〵にかくれば袖も濡れまさりけり（二一八）

又、出羽

79 墨染めの袖をのみこそ思ひやれとよのあかりと聞く日なれども（二一九） 84

返し

思ひやる袖には雲や隔つらん光も見えずしぐれわたりて（二二〇）

又、いでは

80 うりふ山たちよりがたくなりゆくはいつから霧も隔てそめしぞ（二二一） 85

返し

朝霧は立ちわたるともうりふ山晴れてもやまじ秋し過ぎなば（二二二）

いでは、これより

81 折こそあれつれなきほどに見ゆばかりねたげに咲ける花の色かな（二二四） 89

返し

咲けば咲き散れば散りぬと見し花も今日の匂ひぞ身にはしみける（二二五）

中宮に、出羽弁といひける人に
数知らぬ涙の玉の乱るると袖の氷といづれまされり（二〇三）
返出羽可尋
又、出羽
82 こなたにはかくたなびかぬ雲の上にたちのぼれども何思ひけむ（二〇四） 77
返し
思ひつつなほ眺めなむ雲の上のそなたになびく風のけしきに（二〇五）
又、出羽
83 薄墨の袖をかけてややみなましわれをば人のとはぬならひに（二〇六） 78・出羽弁集27
返し
とはずとも恨みざらなむなか〳〵にかくれば袖も濡れまさりけり（二〇七）
又、出羽、服に侍りけるとし、五節のほどに
84 墨染めの袖をのみこそ思ひやれとよのあかりのならひなれども（二〇八） 79
返し
思ひやる袖には雲や隔つ覧光も見えずしぐれわたりて（二〇九）
出羽
85 うりふ山たちよりがたくなりゆくはいつかく霧も隔てそめしぞ（二一〇） 80
返し

朝霧は立ちわたるともうりふ山晴れてもやまじ秋し過ぎなば（二一一）

いつのをりにか

伊勢の海の玉藻を何にかけつらむ見るめをとこそいふべかりけれ（二一二）

出羽

86 思ひつつ冬の夜深く明かせどもとけぬは袖の氷なりけり（二一三） 25・71

返し

冬の夜の氷はさもやとけざらむ思ひもよらず袖の下水（二一四）

出羽

87 恨みしに思ひえざりき音に聞くけしきの森を見る人ぞとは（二一五） 72

返し

おのづから知らるるものと知らずやは忘れ〳〵ぬけしき〳〵は（二一六）

よもすがら雪降る夜、物語して、曙に帰り侍りて、つとめて、

出羽弁が許より

88 送りては帰れと思ひし魂のゆきさそはれて今朝はなきかな（二一七） 6・8・68・74

返し

冬の夜の雪げの空に出でしかど影よりほかに送りやはせし（二一八）

出羽

89 折こそあれつれなき人に見ゆばかりねたげに咲ける花の色かな（二二一） 81

返し

咲けば咲き散れば散りぬと見し花も今日の匂ひぞ身にはしみける（一二二一）

備前司の忌みのころ、あはれなる事に添へても、つれ〲にて籠もりゐて侍りしに、出羽弁がり、かくて籠もりゐたるなむわりなき、慰みぬべからむ事、こまやかに書きつづけておこせよ、いでやもの狂ほし、何事をかなどぞあ覧、かく、とある返事に、などてか、さしもあやにくには聞こえさせむ、まめごともあだごとも、ゆかしとあらむ事をこそは聞こえさせめ、いづれをか、と書きてのち、日ごろ過ぎて、いかになど聞こゆとて　出羽弁

90 藻塩草契りたがへずかきやれど見るかひなしの口惜しきかな（一二三六） 75

返し

白波のうきよにかへる藻塩草見るかひあれど袖ぞ濡れぬる（一二三七）

馬づかさに、げす男、あしき事ありて、頭に騒がれて、例ならぬ事あるを、これ申し許せといふを、うるさけれど、えさらぬ者のゆかりにて、かくなむと聞こえたるに、許したまて、さき〲もかかる事のありしかば、この男のついでにしも、あしき者と聞きたまふらむ、恥づかしくとありしかば、御心のほどはさらずともとて、出羽

91 春霞まづひきわたるあをむまをあしげなりとはたれか見ざらむ（一二三八） 76

返し

あしげなる君を心になしたらばまづはそれをやひきわたるべき（二三九）

服に侍りける又の年、出羽弁がもとより

92 恋しさやたちまさるらむ霞さへ別れし年を隔てはつれば（二四〇） 18・69・73

返し

別れにし年をば霞隔つれど袖の氷はとけずぞありける（二四一）

和歌童蒙抄

93 ふるさとの花のものいふ世なりせばいかに昔のことをとはまし 1

後拾遺第二にあり。世尊寺桃花をみて出羽弁が詠めるなり。本文に桃李不言下成蹊といへり。（第七）

栄花物語

〈殿上の花見（二九）長元六・正　一品宮子日の遊び〉

子の日に山菅を手まさぐりにして、権亮兼房、

おぼつかな今日は子の日を山菅のひきたがへても祈りつるかな

といへば、出羽弁、

94 今よりは松をもおきて山菅の長きためしにひきや較べん

などいひかはすほどもをかし。

〈歌合（一四）長元七・九？　彰子、高陽院御幸〉

そのころ、伊予中納言の君、滝の音を聞きて、

95 わきかへり岩間をわくる滝の糸の乱れて落つる音高きかな

出羽弁、

とくれども沫にもあらぬ滝の糸を常によりても見まほしきかな

など、はかなきことをいひつつ明かし暮らすもをかしくなんありける。

〈著るはわびしと歎く女房〔二〕長元九・四　後一条帝崩御、威子宮中より退出〉

暁の月の隈なきに、ものおぼえぬ心のうちにおぼえける、出羽弁、

96 めぐりあはん頼みもなくて出づべしと思ひかけきや在明の月

〈著るはわびしと歎く女房〔四〕長元九・四　後一条帝の葬送近し〉

御葬送のほど近くなるにも、「悲しながらも、おはしますほどはさてもあるを、今はと聞きまゐらせんこそ、いみじういとど」などのたまはせて、宣旨の君、

97 いつかまた空しき骸のからだにものこりなくともならんとすらん

出羽弁、

知らぬかな君が煙を見るまでに数ならぬ身もあらんものとは

また、

98 今はとて煙とならん夕べこそ悲しきことの限りなからめ

一品宮などのおはしますべき土殿造る音を聞きて、出雲、

いつしかも三つば四つばと思ひしを思ひもかけぬ殿造りかな

返し、

99△　なかなかに定めなき世は飛鳥川たまつくりなる宿とならじや

〈著るはわびしと歎く女房〔七〕長元九・五・十九　後一条帝葬送〉

御葬送の夜、出羽弁、

100　かけまくも思ひそめてし君なれば今も雲居を仰ぎてぞ見る

中宮亮兼房がもとに、入道一品宮の相模、

ほどふれば慰む方もあるべきを絶えぬ涙の雨はいかにぞ

〈著るはわびしと歎く女房〔一三〕長元九・九月　威子崩御〉

かくて、鷹司殿には、ころさへいみじうあはれに、秋の暮つ方、「あるを見るだに」と、吹く風も身にしみてあはれなり。前栽もやうやう枯れ枯れになり、虫の音も弱りゆき、雁の連れて渡るも驚かれ、七条后の宮のうせたまへる折に、「荒れのみまさる」と伊勢が言ひたるほどの心地も、かばかりにやありけん。権亮、宿直所に、のどやかに経など読みてながめけるけしきもあはれなるに言ひやる、出羽弁、

101　目の前にかく荒れ果つる伊勢の海をよその渚と思ひけるかな

返し、兼房、

いにしへの海人の住みけん伊勢の海もかかる渚はあらじとぞ思ふ

御前の火焚屋を見て、肥後の命婦、

君がため年経て見えし火焚屋の今はわが身の胸を焼くかな

出羽弁、

102 いつくしき飾りと見えし火焚屋も今日は心を焦がすなりけり

斎院の小弁命婦、

いかにせん衛士の焚く火も消え果てて長き思ひに燃えぬべき身を

また、

103 △ 木枯の風にまかするもみぢだにまだ散らぬにや人は散りなん

〈著るはわびしと歎く女房〔一四〕長元九・十　女宮、女院彰子のもとに移る〉

十月二十一日、宮々は院に渡したてまつりたまひつ。人々はなほとまりてさぶらふに、宣旨の君、「まかでたまはざらんさきに、今ひとたび参らん」とのたまへるに、出羽弁、

104 君まさぬ古き宮には涙河渡るばかりの瀬こそなからめ

返し、

かくばかり涙の雨の日を経ればげに宮城野も海となるらん

人々、今はとてまかづるほどに、宮の亮為善、雨の降るに、

泣く涙雨雲霧りて降りにけり隙なく空も思ふなるべし

返し、

105 △ 悲しさぞいとど数添ふ天地も君を恋ふると見ゆるけしきに

一品宮よりとてある御文に、仰せごとことになんとて、宣旨の君、
もみぢ葉の心ごころに散りぬともこのもとはなほ思ひ出でなん
返し、
106△もみぢ葉のこのもとをだに頼まずは散るにもいとど悲しからまし
また、今や出でたまふとて、斎院の小弁の命婦、
悲しきに添へてもものの悲しきは別れのうちの別れなりけり
出羽、
107あまたさへ別れの道を知らましや君におくれぬわが身なりせば
御帳の前にいとことごとしくて向かひさぶらひし獅子、狛犬の、人離れたる壁のもとに捨て置かれたるを見るも、いとあはれにて、
108△見るままに夢幻の世の中はししの果てこそ悲しかりけれ
宣旨の君、
さもこそは君がまもりのうせぬともかくやはししの果てもあるべき
〈著るはわびしと歎く女房〈一一六〉長元九・十二　威子崩後の歳末〉
年も暮れぬ。つごもりの日、権大納言、一品宮に参りたまへるに、宣旨の君、
うきもののさすがに惜しき今年かな遥けさまさる君が別れに
返し、大納言、
悲しさはいとどぞまさる別れにし年にも今日は別ると思へば

また大納言、手習ひに、

春立つと聞くにもものの悲しきは今年の去年になればなりけり

御返し、出羽、

109 あたらしき年に添へても変らねば恋ふる心ぞ形見なりける　11

〈暮待星〔一四〕長暦元・十二　章子内親王裳着、東宮妃〉

そのころ、氷を扇の形にて御硯の蓋に置きて、東宮の御方よりこの御方に奉らせたまへれば、敷きたる紙に葦手にて、出羽弁、

110 君が代にあふぎと見れば氷すら千代をかねてぞ結び貫く

と書きつけさせてまゐらせたまへり。

〈暮待星〔一五〕長暦元・十二・二十七　章子内親王、内裏入り〉

古き女房などは、藤壺を見るにつけてもいとあはれなり。今はとて出でさせたまひし暁の、「頼みもなくて」など言ひしほど思ひ出づべし。心のほど推しはかりたまひて、弁の乳母、女房のもとに、

忍び寝の涙なかけそかくばかり狭しと思ふころの袂に

とあれば、出羽弁、

111 春の日に乾かざりせばいにしへの袂ながらや朽ち果てなまし　5・127

〈暮待星〔一八〕長暦二・秋　章子内親王に仕える女房達〉

秋の月隈なきに、人々歩きて見るに、南殿へのぼらせたまひし長橋の朽ちたるを見るもあはれにて、

112 △ 君が世を渡しも果てぬ長橋のなににかせましわれ朽ちずとも

113 △ 尽きもせずめぐりて見れど影をだに留めざりける君ぞ悲しき

114 △ 何事も変らざりける百敷にあはれ君しもいづちなりけん

また、宴の松原にて、

115 △ あはれにも今は限りと思ひしをまためぐりあふ宴の松原

などいひあつめたることども書きたる冊子を、院の女房の「見む」とありければ、奉りたるに、書きて押しつけられたる、弁の命婦、

かけて聞く片端だにも悲しきに同じわたりをいかに見るらん

かきたえて影見ぬ闇にまどふかな月もすみける昔ながらに

など書かれたる、いとあはれなりければ、ただの人のこととはおぼえぬも、あはれにめでたし。

〈暮待星〔一一六〕長暦二・十・十八　中宮嫄子崩御〉

御四十九日に雨の降れば、行親がもとに、出羽弁、

116 ましていかなることを思ふらん時雨だに知る今日のあはれを

また、誰とか、

霧はれぬ秋の宮人あはれいかに時雨に袂濡れまさるらん

〈暮待星〔四一〕長久四・秋　一条院里内裏〉
一品宮の御方に、経家の弁、経信の少納言、すけなりの少将など参りて、琵琶弾き遊ぶ、弁、

　秋の夜の半ばの月を今宵しも

と言へば、出羽弁、

117　一時めづることぞうれしき

〈暮待星〔四三〕長久四・十二　一条院焼亡、高陽院に遷御〉
東の対はこのたびはなくて、山川流れ、滝の水競ひ落ちたるほどなど、いみじうをかし。院の御方に、出羽弁、

118△　滝つ瀬に人の心を見ることは昔に今も変らざりけり

新古今、雑下1727（後朱雀院御歌）

伊勢が「せき入れて落す」と言ひたる大納言の家居も、かばかりはあらざりけんと、めでたくいみじ。

〈暮待星〔四五〕長久五・五　最勝の御八講〉
五日、加賀左衛門、一品宮の出羽に、

　袂にはいかでかくらん菖蒲草なれたる人の袖ぞゆかしき

と言ひたりければ、出羽弁、

119　へだてなく知らせやせまし九重のおろかならぬにかくる菖蒲を

〈暮待星〔四六〕長久五　出羽弁の噂〉

「この出羽弁、いとをかしうすきものなるものから、有心なること。出羽の匂ひにや、宮のやうもことになんある」と、殿上の人々言ひけるを聞きて、梅壺の女房の言ひける、

120 身にしむと聞くぞゆかしき色ならでいかに染めける君が匂ひぞ

返し、

誰かさは語り散らすぞ日に添へて盛り過ぎゆく花の匂ひを

〈蜘蛛のふるまひ〔四〕長久五・九・十四　東北院の御念仏〉

十四日、雨降りて口惜しきに、出羽弁、

121 罪すすぐ昨日今日しも降る雨はこれや一味と見るぞうれしき

大和、

すすぐべき罪もなき身は降る雨に月見るまじき歎きをぞする

〈根合〔一一〕寛徳二・三　後朱雀院追悼〉

その三月、内裏の御前の桜の盛りなりけるを、一品宮の出羽弁、

122 風吹けど枝も鳴らさぬ君が世に花の常盤をはじめてしかな

また人、

はかなさによそへて見れば桜花折知らぬにやならんとすらん

13

〈根合〔一四〕寛徳二・十二・十六　後冷泉帝新造内裏還御〉

内裏は京極殿より方塞りければ、官の司にしはすに渡らせたまふに、雪の降りたるつとめて、一品宮の女房、南殿などを出でて見れば、雪はまことに花と紛ひ、池の氷は鏡と見ゆ。巌にも花咲き、いみじうをかし。御堂の方を見れば、唐絵の心地して見わたさる。庭の雪は消え方になりにけり。梢ぞ盛りと見ゆる。宣旨、出羽弁に、

123　賤の男は見るにかひなきあしたかなまたたち帰るみゆきならなん

出羽弁、

言の葉のゆきもやらねばなかなかにおもしろしともいはでこそ見れ

〈根合〔二六〕寛徳三・二　太政官朝所焼亡、一品宮、憲房邸に移御〉

三月つごもりの日、宮の司焼けぬ。いつしかとあさましきことをおぼしめす。内裏は内の大殿の二条殿に渡らせたまひ、一品宮は、鷹司殿の上、近衛に憲房が家におはしますに、例の渡らせたまひぬ。恐ろしさも思ひ静めて見わたせば、花いとおもしろく盛りなり。東宮におはしまいし折も、ここにいと久しうおはしまして、花の盛りには人々参りたまひて、鞠蹴など遊ばせたまひし所なり。出羽弁、

124　慰まぬ心はあらじ桜花姨捨山の月を見るとも

など思ひけり。

今鏡

〈子の日　長暦元・十二・十三　章子東宮妃〉

この姫宮は後冷泉院の后、二条院と申しし御事なり。東宮にはじめて参らせたまひけるころ、出羽の弁見たてまつりて、

125　春ごとの子日は多く過ぎぬれどかかる二葉の松は見ざりき　**4**

〈子の日　長元九・四　後一条院崩御〉

菩提樹院にこの帝の御影おはしましけるを、出羽の弁が詠めりける、

126△　いかにしてうつしとめけむ雲井にてあかずかくれし月の光を　**3・栄花、紫野（中納言）**

〈ふぢなみ　長暦元・十二・二十七　章子内親王内裏入り〉

この后の生みたてまつりたまへる姫宮、章子内親王と申す。二条院と申す、この御事なり。後冷泉院東宮におはしまししし時参らせ給ひて、永承元年七月に中宮に立たせたまふ。治暦四年四月に皇太后宮にあがらせたまひき。内裏に参らせたまひて、藤壺におはしましけるに、故中宮のこれにおはしましことなど思ひ出だして出羽弁が涙つつみあへざりければ、大弐三位、

忍び音の涙なかけそかくばかりせばしと思ふころの袂に

と詠まれ侍りければ、出羽弁、

127　春の日にかへらざりせばいにしへの袂ながらや朽ちはてなまし　**5・111**

出羽弁関係年表

「斎院出羽」をはじめ、問題があると認められるものは除いた。
＊は推定年次

年号	西暦	月	事項
＊長徳二	九九六		このころ、出羽弁**誕生**か《中山昌説》
三	九九七		
四	九九八		
長保元	九九九		
二	一〇〇〇		
三	一〇〇一	九月	二十九日、父季信出羽守在任。「詣左府、奉……出羽守季信申文二枚等」（権記）
四	一〇〇二		
五	一〇〇三		
寛弘元	一〇〇四	閏九月	十一日、「出羽守季信献馬十疋」（御堂関白記）
＊			このころ、出羽弁**誕生**か《萩谷朴説》
二	一〇〇五		
三	一〇〇六		
四	一〇〇七		
五	一〇〇八		

寛弘六	一〇〇九	十二月	二十九日、「四条納言令申出羽守季信申勘等文」（権記 史料大成本による。史料纂集本は「出羽前守季信」）
七	一〇一〇		
八	一〇一一		
長和元	一〇一二		
＊二	一〇一三		このころ、出羽弁**誕生**か《与謝野晶子説》
		〈略〉	
長元六	一〇三三	正月	章子内親王（八歳）子日の遊び。権亮兼房らと**詠歌**（栄花・殿上の花見）
		十二月	倫子七十賀の屏風歌。輔親、赤染らと**詠歌**（栄花・歌合）
＊七	一〇三四	九月	女院彰子高陽院に御幸。伊予中納言と**詠歌**（栄花・歌合）
八	一〇三五		
九	一〇三六	四月	後一条帝崩御。**詠歌**（栄花・著るはわびしと歎く女房）、後朱雀帝即位。
		五月	後一条帝葬送。**詠歌**（栄花・著るはわびしと歎く女房）
		九月	後一条帝中宮威子崩御。**詠歌**（栄花・著るはわびしと歎く女房）
		十月	女宮たち、女院彰子のもとに移る。**詠歌**（栄花・著るはわびしと歎く女房）
		十二月	中宮威子崩後の歳末。長家らと**詠歌**（栄花・著るはわびしと歎く女房）
長暦元	一〇三七	十二月	章子内親王（十二歳）裳着、東宮妃となる。**詠歌**（栄花・暮待星）
		〃	章子内親王内裏入り。**詠歌**（栄花・暮待星）
二	一〇三八		
三	一〇三九	十月	後朱雀帝中宮嫄子崩。**詠歌**（栄花・暮待星）
長久元	一〇四〇	五月	二十七日、「備前前司源為善」（春記）。これ以前の十二月、備前の国より為善が出羽弁に贈歌（後拾遺・四二四）

二	一〇四一		
三	一〇四二		
*四	一〇四三	秋	経家弁と章子内親王のもとで**連歌**（栄花・暮待星）
		十二月	一条院焼亡。高陽院にて**詠歌**（栄花・暮待星）
*寛徳元	一〇四四	五月	最勝の御八講。加賀左衛門と**詠歌**（栄花・暮待星）
*			出羽弁に関する噂を聞き、梅壺の女房と**詠歌**（栄花・暮待星）
		九月	東北院の御念仏。大和と**詠歌**（栄花・蜘蛛のふるまひ）
二	一〇四五	一月	後冷泉天皇即位、章子内親王女御となる。後朱雀院崩御。
		三月	後朱雀院追悼。**詠歌**（栄花・根合）
		十二月	後冷泉帝新造内裏還御。宣旨と**詠歌**（栄花・根合）
永承元	一〇四六	二月	太政官朝所焼亡。**詠歌**（栄花・根合）
		七月	章子内親王中宮となる。
二	一〇四七		
*三	一〇四八	五月	六条斎院禖子内親王歌合。**出詠**。
四	一〇四九		
五	一〇五〇	六月	祐子内親王歌合。**出詠**。
		十二月	頼通女寛子（十五歳）入内。
六	一〇五一		「出羽弁集」成立。この年、中宮章子二十六歳。弁の推定年齢《中山説》五十六歳、《萩谷説》四十八歳、《与謝野説》三十九歳。
		正月	一日、里にて（服喪のための里下がりか）、加賀権守経章と**贈答**（家集）
		〃	里にて、周防前司隆方と**贈答**（家集）

永承六	一〇五一	正月	子日、里にて、宮の近江と**贈答**（家集）
		〃	七日、里にて、大和と**贈答**（家集）
		〃	里にて、宮の宣旨へ**返歌**（家集）
		〃	里にて、筑後の弁と**贈答**（家集）
		〃	二十日のほど、女院の左衛門内侍と**贈答**（家集）
		〃	除目。左衛門命婦と**贈答**（家集）
		〃	遠江前司教成と**贈答**（家集）
		〃	和泉の尼上の正日。前斎院の君と**贈答**（家集）
		二月	一日、宮にて、近江と**贈答**（家集）
		〃	御前の桜。別当と近江と**贈答**（家集）
		〃	斎院長官長房の来訪。**独詠**（家集）
		〃	寛子皇后となる。
		〃	晦日、頭弁経家参上。丹後内侍と**贈答**（家集）
		三月	馬頭経信服喪。**贈答**（家集）
		〃	民部大輔定長と**贈答**（家集）
		〃	三井寺の桜。近江守泰憲と**贈答**（家集）
		〃	桜本の花見。丹後内侍、小左近らと**唱和**（家集）
		六月	十余日、大宮殿に御方違え。宣旨、大納言、宰相らと**唱和**（家集）
		七月	七日、強い野分。宣旨、大納言、大和、侍従命婦、源少将らと**唱和**（家集）
		〃	大納言と**贈答**（家集）
		〃	大和と**贈答**（家集）

		〃	前斎院の局と**贈答**（家集）
		〃	大宮殿の趣き深いありさまについて。**独詠**（家集）
		〃	任国に下向の宮亮兼房へ**贈答**（家集）
			「をかしき」小瓜。うしまろ大夫と**贈答**（家集）
			京極殿にて、服喪中の隆方と**贈答**（家集）
			「あはれと思ひし人」へ**贈答**（家集）
			師基少将と**贈答**（家集）
			大宮殿についての文章をめぐり、相模と**贈答**（家集）
			美作在任の宮亮兼房と**贈答**（家集）
			伊予下向の右近典侍と**贈答**（家集）
			故伊予の北の方と**贈答**（家集）
＊七	一〇五二	九月	九日、斎院長官長房の菊の歌をめぐり、長房と**贈答**（家集）
＊天喜元	一〇五三	十月	兼房重服（父兼隆の死か）。**弔問**（金葉・六二四）
二	一〇五四		
三	一〇五五	五月	三日、六条斎院禖子内親王物語歌合に**出詠**。作品「あらば逢ふ夜のと歎く民部卿」
＊			以下、天喜、康平、治暦（〜一〇六八）の間に**出家**か（為仲朝臣集）

登場人物索引

凡例

一、対象とする人物は一応次のような基準によった。

1、具体的に誰と特定できる場合。

2、具体的にはわからないが、明らかに特定の人物を指していると思われる場合。

一、同一人物の場合は、それぞれの呼称に関係なく、可能な限り一か所にまとめて掲げた。その際、他の呼称からも引けるように配慮した。

一、配列は現代仮名遣いによる五十音順とし、所在は登場する詞書の歌番号で示した。

あ行

か行

さ行

和歌初句索引

あ行

か行

さ行

た行

あとがき

はじめて出羽弁集についての論文を書き、いずれは注釈をしてみたいと考えはじめてからでもすでに二十年以上が経つ。小さな作品なのに、その間何をしていたのかと問われれば返す言葉もないが、冷泉家の秘庫が公開され、底本には書陵部本しかないと思いこんでいた、その親本が使えるようになったのはもっけの幸いであった。書陵部本のように極めて忠実な写しでも、やはり細かなところではいろいろと問題がある。早く仕上げていたら訂正版を出さなくてはならないところであった。注釈の内容はともかく、本文の上ではこれ以上のものはまず出て来ないであろうと思われる。

出羽弁という女性は、歌人としてよりも、従来は栄花物語続編の作者に擬せられて、栄花物語成立との関係で注目されてきた。私はもっぱら平安時代の私家集に関心があったから、さまざまな家集を読み進める中で、出羽弁集そのもののおもしろさに夢中になった。かなりの確度でその成立年代も推定できる。途中で枝松睦子氏の「出羽弁集の一考察―栄花物語続篇作者問題に関連して―」（国文　昭和44・3）というすぐれたご論のあることを歴史物語研究の加藤静子氏から教えられ、すでにりっぱな先行研究のあることも知ったが、当然ながら出羽弁集の理解は栄花物語成立の問題とも深くかかわっているわけで、その注釈には非常に大きな意味があることを改めて思った。栄花物語や記録類、あるいは尊卑分脈や『歌合大成』などを常に傍らに置きながら、不十分ではあるものの、それらとの関連を念頭におきながらの作業であった。
青簡舎の大貫さんからは、皮肉と揶揄のいっぱい詰まった督促を受けつづけてきた。これでやっとあの笑顔からも解放される。大貫さんが独立した際、これだけは一緒にやろうといってはじめた『新注和歌文学叢書』が無事に育ち、いろいろな方のご協力もあって、すでにこの『出羽弁集新注』で六冊目になる。これもうれしい。これからも新しい注釈書が次々とつづくはずである。ご期待いただくと同時に、改めて大方のご支援をもお願いする次第である。

平成二十二年三月

久保木哲夫

久保木哲夫（くぼき・てつお）
昭和6年2月　東京都に生まれる
昭和29年3月　東京教育大学文学部文学科卒業
都留文科大学名誉教授
主著：『四条宮下野集　本文及び総索引』（昭45 笠間書院）、『古筆手鑑大成　全16巻』（共編 昭58～平7 角川書店）、『平安時代私家集の研究』（昭60 笠間書院）、『徳川黎明会叢書 全11巻』（共編 昭60～平6 思文閣出版）、『完訳日本の古典　無名草子』（昭62 小学館）、『伊勢大輔集注釈』（平4 貴重本刊行会）、『和泉式部集―本文と総索引―』（共編 平6 貴重本刊行会）、『康資王母集注釈』（共著 平9 貴重本刊行会）、『新編日本古典文学全集 無名草子』（平11 小学館）、『国立歴史民俗博物館蔵　貴重典籍叢書　全22巻』（共編 平11～14 臨川書店）、『折の文学　平安和歌文学論』（平18 笠間書院）、『肥後集全注釈』（共著 平18 新典社）、『古筆と和歌』（編 平20 笠間書院）

新注和歌文学叢書 6
出羽弁集（いでわのべんしゅう） 新注
二〇一〇年四月三〇日　初版第一刷発行
著　者　久保木哲夫
発行者　大貫祥子
発行所　株式会社青簡舎
〒一〇一-〇〇五一
東京都千代田区神田神保町一-二七
電　話　〇三-五二一八三-二二六七
振　替　〇〇一七〇-九-四六五四五二
印刷・製本　株式会社太平印刷社

ISBN978-4-903996-27-1 C3092